SICK'S

恕乃抄

原案／西荻弓絵
ノベライズ／豊田美加

角川文庫
21036

SICKS' 恕乃抄 ～内閣情報調査室特務事項専従係事件簿～

これは、いかなる者のDNAであろうか。

善きものであろうか。

あるいは、悪しきものであろうか。

美しい螺旋を描くそれがギュルギュルと動きはじめ、そのある部分が、いままさに覚醒したかのように光を放っている。

呪いと怨嗟は、螺旋を描きながら破滅の未来へと続いていく。

そしてまた、あの悲劇が繰り返されようとしていた——。

1

ドゥゥゥゥン!!

夜中というにはまだ少し早い時刻、都心の巨大複合都市に爆発音が轟いた。

江戸時代に埋め立てられた土地の奥深くで、何かが起きたのだろうか。そうではない。地上で大爆発が起きたのだ。

夜景のきれいなホテルや洒落たレストランでの食事、あるいは観劇やショッピングなどで週末の夜を楽しく過ごし、そろそろ帰途につこうとしていた人々が、まるでポップコーンの粒が弾けるように吹っ飛んだ。

間髪を容れず、超高層ビルが爆発する。

崩壊したビルから落下する、コンクリートの塊やガラスの破片。逃げ惑う人たちの悲鳴や怒声がけたたましく飛び交う中、再びの轟音。

ミシミシミシ、グァングァングァン、ドガーン‼

背の高いタワーマンションがぽっきり折れた。まるでお辞儀でもするように、向かいのビルの真ん中に頭からメリメリとめり込んでいく。

路上の車がドゴォォンと勢いよく火を吹いて次々と宙に舞い、地面に向かって弾丸さながらに落下する。

近代的な街は火の海となり、たちまち阿鼻叫喚の地獄絵図となった。

その燃え盛る炎に照らされて、フード付きの黒いマントを羽織った血塗れの女が、瓦礫の中からよろよろと立ち上がった。

ゆっくりと開いた目の中に炎が映って――いや、ちがう。

オッドアイ。右目が、赤く光っているのだ。

その虹彩の色は、朱でも紅でもない。「血」の赤さだ。

彼女の肢体を、何かユラユラとした幽気のような青いものが包んでいる。

背後で、車が爆音を立てて燃え上がった。

その女の正面に立ちはだかるように、銃を構えた自衛隊と機動隊の隊員たちが取り囲んでいる。

「構えろ！」

隊長が号令をかけた。

しかし、赤い右目の女が怯む様子はない。

「オマエラ、全員死ニタイカ」

地獄絵図に相応しい、身の毛のよだつような嗄れ声だ。

「撃て!!」

軽快な発射音と同時に、サブマシンガンの銃口が一斉に火を吹いた。

女の体を覆う異様なオーラが激しく揺らいだ。

「ギャア〜〜〜〜〜〜〜〜〜〜〜〜!!」

女がおぞましい叫び声を発しながら両手を大きく振り回し、空を薙ぎ払う。

次の瞬間、異変が起きた。

パシパシパシパシパシ！　着弾音とともに、女ではなく隊員たちが、全身から血飛沫を上げて倒れていくではないか。

女が空気を操り、弾をすべて撥ね返したのだ。

紛うことなき、スペックホルダーだ。

呻くような死の吐息を吐きながら、百戦錬磨の男たちがあっけなく絶命していく。

「カハハハハ……」

その時、ふいに時間が静止した。

女は真顔に戻り、じろりと横を向いた。

いつの間にか、黒いセーラー服の少女が入り込んでいた。おかっぱ頭の美少女だ。

右手に抱えた黒い達磨の腹には、『地獄』と墨書きしてある。

少女は指を鳴らした左手を上げたまま、女のほうを見てニヤリとした。

「……ニノマエイトぉ！」

女が恐ろしい形相で叫ぶ。

イトと呼ばれた少女は、ウージングアウトしてきたらしい。物理定数が、ほんの少しちがう世界。こちらの世界からは見えないが、あちらの世界からは、マジックミラーのようにこちらの世界が見えている。

「お前に、この世界を破滅させる権利はない」

イトが、居丈高な口調で言い放った。

「ケンリ？　ダレガ決メタ？」

イトは答えず、地獄達磨を空中に置くと、両方の親指と人差し指でL字形を作って合わせ、顔の前に四角い枠を出現させた。

「リバース」

そう言うと一方を軸にしてクルンと指を捻り、今度は縦に四角い枠を作る。

すると、またしても異変が起きた。

倒れた隊員たちの肉体から銃弾が弾き出され、死人が次々と目覚めて起き上がっていくのだ。その光景は、映像を巻き戻しているかのようである。

放たれた弾は、すべて元の銃に収まった。

イトがパチンと指を鳴らす。


ヴォン！


再び世界に時が満ち、時間が動きだした。

隊員たちは数分前とまったく同じ体勢で、女に向かって銃を構えている。

それが怒りのメーターのように、女の体を覆うオーラがまた激しく揺らめいた。

「カ～～～～～～～～～～～～～～～～～～～～～～～～!!」

カッと見開いた赤い目が、隊員たちが思わず後ずさるほどの酷薄な青に変化した。

バイアイ――片青眼だ。そして、オーラが赤に転じる。

「無駄だよ。こいつらを何度殺しても、私が、そのたびに蘇らせる」

イトが余裕たっぷりに言う。たったいまやってみせたように、指で作った枠の中の時間を逆転させるのだ。

女が「チ」と舌打ちして、憎々しげにイトを睨みつける。

「マタ性懲リモナク歴史ヲ闇ノ中ニ引キズリ込ムツモリ？」

「パンドラの箱は、もう閉じた。二度と開くことはない」

「ドコマデモ自分勝手ナ女ダナ！」

女が怒鳴る。

「もう飽き飽きなんだよ、お前らにつき合ってんの！」

イトも怒鳴り返す。

「……ヤッパ仕方ナイ。オ前カラ、決着ヲツケル」

「決着⁉」

イトが嘲笑する。

「私のスペックはリバース。運命を巻き戻す。私があんたに負けることはないけどね」

「確カニ、アタシノスペックニハ限界ガアル。デモ、ホリックハ不可能ヲ可能ニスル」

不敵な笑みが女の赤い唇に浮かんだ。

が、イトは「はぁ⁉」と呆れたように目を剝いた。

「今、ホリックつった？　ははっ、お前がホリックを持ってるはずがねえっつーの。

テヘペロ」

イトが地獄達磨を顔の位置に抱え上げた。

女の怒りが増幅し、さらにオーラが荒立つ。

イトの周りにも白いオーラがうねり、地獄達磨が血を噴いて開眼した。

「ウウウ……テヘペロ上等ダ」

女が両手を開いて前方に突き出す。

対するイトは両足を開いて腰を落とし、開眼した地獄達磨を足の間に構えた。

「アアアアアアア」

女が左右の手を高く天に突き上げた。上空で、ぎゅるぎゅるぎゅるぎゅると猛烈な勢いで空気が渦巻いていく。

「怯むな！」

隊長が発破をかけるが、隊員たちの足はその場から動けない。

「ウウウウウウウアアアアアアア」

空気の渦玉と女の唸り声がひと際大きくなった、その時。

スーツにグレイのコートを羽織り、口ひげとあごひげを生やした壮年の男が駆けてきた。

「御厨!!　やめろ！」

次の瞬間、イトが勢いをつけて地獄達磨を天高く放り上げた。両眼がカッと光る。

ぶつかりあう二人のオーラに挟まれて、地獄達磨が粉砕された。

爆風に押されて尻もちをついたスーツの男と隊員たちは、驚愕と畏怖の表情を貼り付けたまま身じろぎもできない。

バチバチと音を立てて火花が降りしきる中、青い右目の女とイトは面と向かい睨み合っている。

イトが右手の人差し指で天を、左手の人差し指で地を指して薄く笑った。

女の青い目が、凍りついた湖の冷酷さでイトを見つめていた。

2

遡ること、数ヵ月前。

どっしりと重く聳え立つマウント富士は、夜空に瞬く星たちに抱かれていた。

ここは静岡県裾野市にある、自衛隊富士駐屯地。

「開錠！」

その夜間特殊ゲートから、一台の軍用トラックが走り出てきた。ほとんど灯りのない山の中の夜道を、トラックはガタガタとひた走っていく。

荷台で揺られているのは、十名あまりの男たちだ。スーツで偽装しているが、いずれも自衛隊の特殊工作員である。それぞれが携えている楽器のケースやラケットバッグ、スーツケース……中に何が入っているのか、推して知るべしだ。

このミッションが下されたのは、つい数時間前。夕陽が射し込む、作戦会議室でのことである。

「本日、１５３０。内閣総理大臣より、特命を拝受した。以下リストメンバーの探索及び確保。確保できない場合は、現場で処分」

秀家岳志隊長の通達を、迷彩服に身を包んだ隊員たちは眉一つ動かさずに聞いている。

「なお、以下リストのメンバーは特殊能力を保持しているため、くれぐれも自己の安全の確保に留意されたし。出動は本日２４００」

秀家の傍らに用意されたモニターに、リストが映し出された。特殊能力者――すなわちスペックホルダーの確保及び排除リストだ。

氏名、年齢、住所及び目撃情報、能力、ＡＢＣでランク付けされた危険度、備考などが詳細に記された極秘情報である。彼らは性別も年齢もさまざまなら、その能力も雑多で無秩序だ。

例えば、爆弾的なモノを作り出す能力を持つ者、念動力や瞬間移動能力を持つ者などの危険度はＡランクと高い。

しかし、髪の色を自在に変える能力を持つ者や、野良イタチと仲良くなれるとかジャンケンで必ずグーを出させるとか、いや髪染めればいいっしょ・なんなら動物愛護だし・大人がジャンケンする機会そうそうねぇわで、まるっきり害のない能力保持者の危険度は当然ながらFと低い。

　ぶっちゃけ味噌も糞も一緒のごった煮リストの中に、Aよりさらに危険度の高いS、そのさらに上のSSにランク付けされている者がいる。

　SS級の危険人物は、ニノマエイト。時を止める能力を持つ者、とある。年齢、住所ともに不明で、情報も僅かしかない。

「なお、今回の作戦行動により、なんらかのトラブルが生じても当局はいっさい関知しない。武運長久を祈る！」

「はっ！」

　命がけの特命に、一同の精悍な顔つきがいっそう引き締まった。

＊

　朝もやが消えた街は、出勤や通学の慌ただしさですっかり目を覚ましたようだ。

　小雨の降る中、警視庁公安部に所属する高座宏世は、チームのメンバーとともに犬神という男を尾行していた。

「マルタイをフォロー中」

襟に仕込んだマイクに報告する。ちなみにマルタイとは、警察用語で尾行の対象者のことである。

「そのまま追尾」

透明のカールコードのイヤホンから、指示が聞こえる。

「行こう」

身を潜めていた場所から出て、高座たちもコートを翻して後を追う。

高座は33歳。きりっとした濃い眉、意志の強そうな目は、まさに公安で鍛え上げられた男という印象だ。

薄く整えた口ひげとあごひげは、実はアイドルっぽいモテ顔を隠し、威厳と貫禄と男らしさをアピールしようという健気な魂胆である。ひげに気を取られすぎてか、左後方の髪が常に寝ぐせでぴょこんとしているのが愛らしくも惜しい。

と、犬神が古びたビルに入っていった。すぐに追跡する。

「えー、……ん？」

ビルの名前を伝えようとして、高座は詰まった。

『汎都被流通中心』とある。

「ぱんとひ？　あ、いや、ぱんつ……かぶり？　流通中心ビルに入りました」

変わった名前だと思いながら告げる。所有者は変態仮面かもしれないし、スケバン刑事を代表作に持つ女優の不倫相手かもしれない。

「追え。恐らくブツの受け渡しをする」

「了解」

ビルの中に入り、高座は手で仲間たちを制した。失敗はできない。こちらの気配を気取られて逃げられるより、ここは一人で動いたほうがいい。

2階の男子トイレでは、犬神がいままさにハゲの中国人エージェントとUSBの受け渡しをしていた。

「そのまま！」

「シーシェイ⁉（誰だ）」

高座が銃を手に、かと思いきや便所ブラシを手に躍り込んだ。

激しい争いとなり、中国人エージェントからUSBを奪おうとしている隙に、犬神がトイレから逃走していく。

毛根に根性はなかったくせに、中国人エージェントはしぶとくUSBを放そうとしない。

最後は手に嚙みついてUSBを奪い背負い投げで倒したが、なおも足にしがみついてくるハゲ・メイド・イン・チャイナを蹴りつける。

「放せ！」

トイレを飛び出すと、高座の応援に駆けつけてきた仲間たちと鉢合わせした。

階段を下りようとしていた犬神は、下から追手が上ってくるのを察し、とっさに階段を駆け上がっていったらしい。

高座たちは、犬神を屋上まで追い詰めた。

「犬神！」

高座は便所ブラシ、ではなく銃を構えて屋上に出た。

「公安部内部調査室の高座だ。外事二課の犬神健一だな。外患誘致罪及び内部情報漏洩の公務員法違反の疑いで逮捕する」

犬神は、高座とそう年齢の変わらない警視庁公安部の外事警察官だ。

外事課は、外国の諜報活動や国際テロリズムなど、外国人が関与するさまざまな犯罪を捜査する部門である。外からの脅威と闘い国益を守る、インテリジェンス機関だ。

二課の職務は東アジア、とくに中国・北朝鮮のスパイに関する捜査と情報収集を主とする。しかし犬神のようなエリートがなぜ、このような背信行為に及んだのか。

「両手を挙げて大人しくしろ」

高座の声に弾かれたように、犬神がフェンスに向かって走りだした。

「犬神！」

飛び降りようというのか！

犬神はフェンスによじ登ったものの、そこで動きを止めた。眼下の光景に目がくらみ、恐怖が勝ったらしい。

銃を構えたまま、高座がじりじりと近づいていく。

「……わかった」

犬神はフェンスから下り、両手を挙げて降伏した。

立ち止まり、ホッとして銃を下ろそうとした時だ。


ヴォン！


一瞬、黒い影が横切って時空が歪み、犬神の体からバッと血飛沫が上がった。糸の切れたマリオネットのように、その体がぐにゃりとくずおれていく。

「ど……どうした」

見れば、犬神の腹に、ナックルガードのついた戦闘用のトレンチナイフが深々と突き立てられている。シャツは血で真っ赤に染まり、ナイフの切っ先が内臓まで達しているのは明らかだ。

呆然としながら、高座は横たわった犬神に近づいていった。後ろにいた仲間たちも駆け寄ってくる。

犬神は、すでに絶命していた。

「誰が……誰が刺したんだ⁉」

訳がわからない。いったい何が起きたのか。

「高座……刺し殺すことなかったんじゃないか。手ぇ挙げてただろ」

同僚が非難の眼差しを向けてくる。ほかのメンバーも同様だ。

「殺してない……。俺はやってない‼」

銃を両手で構えていた高座が、犬神にナイフなど刺せるわけがない。彼のそばに近づいてさえいないのだ。

仲間たちも見ていたはずなのに、なぜ高座が刺したと決めつけるのだろうか。


翌日、警視庁の取調室で高座の尋問が行われた。

「でも目撃されてるんだよ、高座宏世！」

マジックミラーの向こうから、上司の声がする。高座がいるのは、ビデオカメラが設置された別室の小部屋だ。

「馬鹿な！」

「ナイフから、きみの指紋が検出された」

「そんな訳がない！　俺はナイフに触れてない！　というか、なぜ、俺が刺し殺さないといけないんですか！」

「じゃあ、逆に誰が刺し殺したと言うんだね⁉」

「突然、血が噴き出して、よく見たらナイフが刺さってて」

「バカな言い訳をするな。見苦しいぞ」

高座の脳裏に、あの瞬間が蘇る。ほんの一瞬のことだったが、目の錯覚なんかじゃない。

ヴォンと走る黒い影。血を噴き出して倒れる犬神……。

「――もしかしたら」

「なんだ」

「スペックとかいう特殊能力者の仕業とか……」

そんな荒唐無稽な存在を信じていた訳ではない。しかし、あの不可解な黒い影。信頼していた仲間たちが、高座が刺し殺したと思い込んでいるのは、何か特殊な能力を使ってそうなるように仕向けたのではないか。

「確か、公安の中にも、そういうのを専門に調査する部署があったとの噂が」

ミショウ、とかいう名前だった。しかし、噂を聞いたのはもう何年も前のことだ。

「……ハハハ！　なぁるほど。精神鑑定に持ち込むつもりかね」

「なっ！」

俺の頭がおかしいというのか。

「公安の内部調査官というエリートの往生際が、そんなに醜くて、恥ずかしくないのか!!」

堪忍袋の緒が切れた。己の失策なら、どんな叱責も受け入れよう。だが、自分の保身に走ってデタラメを口にしたなど、高座にとってこれ以上の侮辱はない。

「俺は嘘は言ってねえ!!」

割れんばかりの強さでマジックミラーを叩き、高座は向こうにいる見えない上司たちに怒鳴った。


公安部内部調査室に戻り、デスクの荷物をまとめている高座に、同僚たちの冷たい視線が刺さる。ここには誰一人、高座を信じる者はいないらしい。

引き出しに入れてあった蔵書を鞄に入れていく。読んでいる本を見ればその人となりがわかると言うが、高座の場合も例外ではない。

『警察手眼』は明治初期、日本警察の父と言われた川路利良大警視の警察論を綴った座右の書だ。高座は繰り返し読み、警察官のあるべき姿を教わった。

ほかに『公安部心得』『テロ対策ハンドブック』、そして『少年剣道　基本げいこ』。

最後は、母校である日本大学卒業名簿を鞄に収めた。

真面目すぎるほど真面目に、この仕事に命を捧げてきた高座だった。

険しい顔で足早に入ってきたのは、高座が慕っている先輩の板谷啓である。

「お前、刑事を辞めるって本当か」

「高座！」

「……は。自分の証言がまったく信用されなかったので」

「早まるな！　次のミッションにはお前が必要なんだ。俺が上と掛け合ってやる」

「板谷さん……」

ありがたくて、胸がいっぱいになる。たった一人、ここに自分を信じてくれる人がいた。

「そのお気持ちだけで、十分です。大学からずっと、本当にいろいろお世話になりました」

高座は感無量で頭を下げた。中でも、2年前のあの事件のことは忘れられない。

高座が現場に駆けつけた時、その男は、縁もゆかりもない通りすがりの男女を3人、すでに日本刀で斬り殺していた。

「平和だなぁ。ピンフ、ピンフー」

　そしてさらにＯＬ風の女性を人質にして、その首筋に日本刀を当てていた。

　高座は震えを必死で押し殺した。殺人犯に相対するのは初めてのことだ。しかも、たまたま近くに居合わせた高座以外、所轄の刑事はおろか交番の巡査すら到着していない。

「手を……手を挙げて大人しくしろ！」

　汗ばんだ手で銃を構える高座を、返り血を浴びた長袖（ながそで）Ｔシャツと黄色いジャージのズボンをはいた男が振り返った。

　あきらかに目つきがおかしい。完全にラリっている人間の目だ。

「けっ、警察だ！」

「警察だぁ？　けっけっけっけっけっけ……上等だぁ！」

　人質を放し、血まみれの日本刀を手にしてよろけながら向かってくる。

「と、止まれ！　止まらないと……撃つぞ！」

「撃ってみろよ～お！」

　男が両手を広げる。薬のせいで、怖いものなど何もないのだ。

「高座！」

　野次馬をかき分けてやってきたのは、先輩の板谷だった。

「日大ワンダーフォーゲル部魂を忘れたか！」

そう、板谷は大学のワンゲル部の先輩でもあった。

「『登られたら、登り返せ』です！」

果たしてワンダーフォーゲルとは、そのような格闘技めいた精神のもとに行われる野外活動であったろうか。

「え？」

「そうだ！　かかってこられたら、かかり返せ！」

さすがの脳筋にも引っかかるものがある。

「は？」

「寝ぐせ直せ」

気になってるのそこ？

「寝ぐせ直せ！」

「はい！」

体育会系縦社会の習性で、高座は直ちに跳ねた髪を手で撫でつけた。

板谷は、そばに立てかけてあったビニール傘を手に取ると、おもむろに八相の構えを取った。

「成敗！」

叫ぶなり、突進していく。

「板谷先輩！」

高座も銃を構えたまま続く。

「ワンダー！」

板谷が叫ぶ。

「フォーゲール！」

高座が叫ぶ。

「ファイトー！」

板谷が叫ぶ。

「いっぱーつ！」

高座が叫ぶ。

勝野洋(かつのひろし)&渡辺裕之(わたなべひろゆき)へのリスペクトはあれど、ふざけているわけではない。どれほど過酷な状況もファイト一発で乗り切るという潔いまでに単純明快な、日大ワンダーフォーゲル部伝統の気合いだ。

板谷が広げた傘を突き出して日本刀の動きを止め、すかさず足で蹴(け)り飛ばす。膝(ひざ)をついた男の脳天に、トドメとばかり傘の石突きを突き刺した。

もはや手錠をかけるまでもない。

「……また、つまらぬものを斬ってしまった」

板谷が嘆息する。

いや斬ってねぇから。それ斬鉄剣じゃねぇから。ビニール傘だから。しかし高座は、定規で引いたように真っ直ぐな男である。

そんな不埒な考えは露ほども浮かばず、ただ板谷への尊敬の念が湧き上がる。

「ありがとうございます！」

「……あっはっはっは！」

大きな口を開けて豪快に笑う板谷に、高座は敬意と感謝を込めて敬礼したものだ。

深く一礼し、高座はコートを手にドアへ向かった。戸口でいったん足を止め、振り返って敬礼する。

「……ご恩は忘れません」

しかし板谷は眉間にしわを寄せたまま、そんな高座を見送っていた。

未練がないと言えば嘘になる。いや、本当は未練たっぷりだ。

横断歩道を渡り切った高座は、立ち止まって警視庁の建物を振り返った。

もうあそこに戻ることは二度とないのか。板谷の背中を追いながら、血の滾るような任務に就くことも……。

高座は小さくため息をつくと、視線を落としてまた歩きだした。

高座が立ち去ったあと、近くの歩道の植え込みから地獄達磨がひょっこり顔を出した。

続いて、達磨を抱えている黒いセーラー服の少女――ニノマエイトも。

イトは地下鉄の入り口を下りていく高座をじっと見つめていたが、ふと何かを感じたように周囲を見回した。

「……ヤベッ」

言うなり、イトはひゅんっと姿を消した。


青白いカーテンの向こうで、木々の影がゆらゆらと揺れる。

明かりのない薄暗い病室は、まるで深い海底のようだ。

前傾姿勢でベッドに腰掛けた女が、右、左、右、左……左右に数回、頭を振った。

灰色のスウェットのトレーナーとズボン。短めの髪。この病室の主らしい。

そして女は、むっくりと頭を上げた。右目に鮫皮の眼帯をしている。

「また、始まっちゃったか……この感覚」

低い、ざらついた小声で言うと、女はトレーナーの左手の袖を捲り上げた。

その手首に、くっきりと五本、自傷痕が残っている。

リストカッターらしき女は、手首に一番近い痕を指さした。

「Ｆｉｒｓｔ」

次に、その下を指さす。

「Ｓｅｃｏｎｄ」

そして、その下。続いてその下。

「Ｔｈｉｒｄ……Ｆｏｕｒｔｈ……Ｆｉｆｔｈ」

五本目を数え終えた女は、右手を枕の下に差し入れ、カッターナイフを取り出した。

カチカチカチ……刃を出しながら、ククク、と乾いた笑い声をあげる。

「Ｓｉｘｔｈ」

女は刃を五本目の自傷痕の下に当てると、ためらいもせずスッと皮膚を切り裂いた。

一直線に血が噴き出て、六本目の自傷痕が加わる。

カタン、とカッターナイフが床に落ちた。空になった右手で、自分の髪をわしゃわしゃと掻きむしる。

左手の傷口から、血が滴り落ちていく。

見開いた左目に力がこもる。

何がおかしいのか、女はニタリと笑った。

3

数週間後の深夜、人気のないゴミ集積所で、スーツの男が数人のヤクザから袋叩きに遭っていた。

頭に遮光性のビニール袋をかぶせられ、首に太い鎖をまかれて、殴る蹴るの暴行を受けている。勢いよくゴミの山に倒れ込んだ男は、ビニール袋を剝ぎ取った。

現れた顔は、なんと高座である。

咳とともに口から血を吐き出し、ヤクザを睨みつける。

「誰の差し金だ」

「誰でしょうか？」

ヤクザたちが高笑いする。

また鎖を引っぱられた。高座は力を込めて踏ん張り、逆に引っぱり返して鎖から首を抜くと、反撃に出た。どうにか逃げ道を作りたいが、いかんせん相手は四人だ。

いくつかパンチをお見舞いしたものの、たちまち両脇を固められて足蹴りを食らう。

「ずいぶん元気じゃねえか。おい、連れてけ！」

兄貴分が命令し、足をバタつかせて抵抗する高座を、手下のチンピラどもが無理やり車に引きずり込もうとする。

その時、静かだが威厳のある声が響いた。

「やめろ。警察だ」

声のほうを見ると、ヤクザたちに銃口が向けられている。

「……チッ」

つかの間迷ったものの、ここでドンパチやるのは得策でないと判断したらしい。兄貴分があごをしゃくって高座を解放させると、ヤクザの一団は車に乗り込んで走り去っていった。

寝転んで呻いている高座に、警察を名乗った男がニコニコしながら近づいてくる。コロンボのようなコートを着た、白髪頭の老刑事だ。

「はい」

高座の脇にしゃがみ、コートのポケットから、ペットボトルの水を差し出す。

なんなんだ、このジイサンは……高座は不審な目を向けながらも起き上がって受け取り、ゴクゴクと喉を鳴らして一気に水を飲んだ。

はあっと息をつく。

錆びた鉄のような血の味はしたが、五臓六腑が水で冷やされて痛みが少し収まった気がする。

「……警察か」

　ぶっきらぼうに訊く。

「私？　私は、野々村光次郎と申します」

　言いながら、老刑事は背広の胸ポケットから名刺を出してきた。

「あなた、元公安の高座宏世さん？」

「だから、警察かと訊いている」

「いえ。内閣情報調査室特務事項専従係、略してトクムの係長です」

　差し出されたままの名刺を受け取り、まじまじと見た。右上の角に、内閣府のシンボルマークが印刷されている。

「内調……。総理大臣直轄の日本のＣＩＡって奴じゃねえか。その係長がなんだ」

　驚いた。この盆栽いじりとカラオケが趣味みたいなジイサンが……まったく人は見かけによらない。

「あなたのお力をお借りしたいと、うちのキーマンが申しておりまして」

　高座は、蹴られた横腹を押さえながら立ち上がった。

「利用する気か。自分は公安を切られた人間だが、公安のことは何一つしゃべらねえ。全部、墓場まで持ってく！」

「公安には、『未詳』という特殊能力者の事件を捜査する部署があったそうですが、ご存知ですかな」

ミショウ……一瞬答えかけたが、思い直して口をつぐむ。

「あ、返答なさらずとも、あなたのお口が堅そうだというのは十分わかりましたので」

野々村は、人の好さそうな顔でニコリと笑った。

4

この威容を前にして、言葉を失くさない者はいないのではなかろうか。

ことに夜、ひっそりと佇む白亜の殿堂——国会議事堂は、得も言われぬ荘厳さで満ちている。

さて、国会議事堂の南西に位置する、首相官邸の執務室。内閣総理大臣・入江慎吾は、爪切りのヤスリで爪の形をせっせと整えていた。

ヤスリは往復してかけてはいけない。爪の組織を傷めないよう、一方向にサッサッとかけるのがコツだ。

「総理。お疲れ様でした」

「お疲れ様でした」

第一秘書官の長谷部国重、第二秘書官の山城彩香が、木製の頑丈な執務机の前に立って頭を下げた。

「ああ、お疲れさん。明日は久しぶりの休日だね。事件や事故がないことを、心から祈るよ」

爪の形を完璧(かんぺき)に仕上げた入江は満足げに立ち上がり、「じゃ」と部屋を出ていった。

ドアが閉まると、長谷部は大きく息をついた。

「やっと今週も終わりか」

上着の前ボタンを外して、応接セットの一人掛けソファに深く腰を下ろす。

「……特殊能力者の件、総理にお伝えしなくてもよいのですか」

彩香が立ったまま、遠慮がちに言った。

「特殊能力者？」

「スペックとか、呼ばれているそうですが……」

長谷部が、はっ、と息を吐いて苦笑いする。

「疲れてるんだ。そんなアニメや小説の世界のことは知らん」

しかし、彩香は納得していない顔だ。長谷部の隣りの一人掛けソファに腰を下ろすと、心持ち体を寄せて言った。

「総理が、裾野の特殊工作隊を動かしたそうですね」

「知らん。第一秘書の私が関知していないことがあるはずがない」

「……総理に直接、お話をおうかがいしてもよろしいでしょうか」

長谷部は急に真顔になると、苛立ったように彩香のほうを見た。

「そんなくだらん話を、お忙しい総理のお耳に入れた瞬間に、山城……お前は更迭だ」

それが冗談や単なる脅しではないことは、目を見ればわかる。情を交えず平気で人を切り捨てる人間の目だ。

何も言えなくなった彩香を残し、長谷部は立ち上がって部屋を出ていった。

5

無人のビルの裏側の、さらに人目に触れない暗がりに、その男はこちらに背を向けて座っている。

髪を逆立て、赤いレザージャケットの下からヒョウ柄のシャツがのぞき、蛇柄のズボンに先の尖った靴……あれはファッションなのか？　服に興味のない自分には、チンピラにしか見えない。

壁に背をつけて男の様子をうかがっていた板谷は、スーツの内ポケットから、パスケースを取り出した。

幼い愛娘がくれた、写真付きの誕生日カード。覚えたばかりの字で、『パパだいすき。がんばってね』とメッセージが書いてある。板谷はこれを、お守り代わりに肌身離さず持っている。

パスケースをしまい、腰のホルスターから拳銃（けんじゅう）を抜いた。

「……くそ。これも仕事か」

銃を構え、気持ちを落ち着けて精神統一する。

「日本大学、万歳」

日大ブランドは俺が守る。ふうっと息を吐き、物陰から飛び出していく。

「公安だ！」

銃を向けると、一斗缶に座っていた男がゆらりと立ち上がった。

「動くな！　この化け物が！」

すると突然、男が妙な動きをしながら叫んだ。

「①ニョッキ！　②ニョッキ！　③ニョッキ！　バア！」

暗闇に銀歯が光り、縦に大きく割れた口から放出された黒いドロドロ状のものが板谷に向かってくる。

「うわ、うわ、うわ……うわぁぁー！」

板谷の体が、ドロドロに搦（から）め取られていった。

6

名刺の住所から、もしやオフィスはスタバ片手のオサレなOLさんたちが棲息しているという虎ノ門ヒルズ……とぬか喜びしてみれば、総理府分室はその裏手の古ぼけたビルであった。

内閣情報調査室特務事項専従係は、通称・内調、またはトクム、もしくはCIROと呼ばれる。オフィスは、その古ビルの地下9階にある。

高座がエレベーターを降りると、狭いスペースに廃材や廃棄物の入った段ボールが雑然と積まれており、片隅に小さな鋼鉄製のドアがあった。

ドアには「火気厳禁」「係員以外立ち入り禁止」などのプレートが貼ってあり、どこからどう見ても旧い機械室。ドアの上の「内閣情報調査室特務事項専従係―トクム―」という取ってつけたようなプレートに気づかなければ、とっとと引き返していたところだ。

ドアを開け、階段を数段下りる。中は打ちっ放しコンクリートの壁、剝き出しの大小の配管、種々の機械や設備……やはりどこからどう見ても機械室で、そこへ無理やりデスクやロッカー、パソコン、ホワイトボードなどのオフィス設備を詰め込んだらしい。

高座は、脇に絆創膏を貼った口を半開きにして、部屋の真ん中に突っ立っていた。

野々村に借りを返すつもりで力を貸す気になったものの、早くも訳がわからなくなっている。

最たる原因は、他でもない係長の野々村だ。

野々村は鼻歌を歌いながら、自分のデスクの後ろにずらりと並べたカブトムシの飼育ケースを一つ一つ、上機嫌で覗き込んでいる。

交尾から始まり、卵、幼虫、サナギ、脱皮、カブトムシ、旅立ち、クシャッ——カブトムシの一生を写真パネルにして飾る意味はなんなのだろうか。クシャッてなんだ。

幼虫の入った飼育ケースは、ざっと20箱。それぞれに名前がついている。

「哀」「カワ」「翔」——カブトムシ愛好家のアニキ俳優へのオマージュか。

「雅」「雅雅」「雅雅雅」「雅雅雅雅雅」——おそらくこれはカブトムシの種類だろう。名前からして美虫の種に違いない。

「王」「金田」「広岡」——おー、金だ、拾おうか。なぜここで語呂合わせ。

ひと際大きな幼虫は「ゴリ」。ほかは「シバタ」・「マヤマ」、「トウマ」・「セブミ」、「ウエダ」・「ヤマダ」と聞いたことのあるようなないような名前がついている。

と、野々村のデスクの上でスマホがピロン、と鳴った。

「おお、ラインラインはローレライン」

いそいそとデスクに戻ってスマホを取り、画面をかなり遠ざけて見る。老眼が進んでいるらしい。

【光っち🎗🎗🎗　この前はありがと💋　シーパラ楽しかったね♡

あなたの白イルカMより】

唇に指を当てた「ナイショ」のポーズの自撮りを見て、野々村の鼻の下がびよ～んと伸びる。目のぱっちりした女子大生で、白いセーターの萌え袖がなんとも可愛らしい。

野々村も同じポーズで自撮りを返し、目を細めてポチポチポチポチと文字を入力する。

【雅ちゃん💋　次は花やしきリベンジね♡♡　あれ～～イワッキHだったりして（笑）】

誰かとムフフなラインをしている野々村を高座が胡散くさそうに見ていると、

「入りまーす！」

元気のいい声がして、事務服を着たカワイコちゃんが入ってきた。

なぜかバレエのトウシューズで爪先立ちし、にっこり笑う。

「み、み、み、雅ちゃん（別の）」

野々村は露骨に狼狽してスマホを内ポケットに入れると、「ど、どいて、どいて」と高座を押しのけて彼女に駆け寄っていく。

挙動不審なジイサンに高座は首を捻るばかりだ。

「内閣情報調査室人事課の田澤様が、メンバーの拉致事件についてご相談だそうです」

資料を脇に抱えたハゲメガネの中年男が、すでに階段で待っている。

雅はその場でクルクルとピルエットを披露し、

「張り切ってどうぞ！」

ここはお約束どおり田澤にサッと手を出す。

さっそく野々村が、安っぽい応接セットに田澤を案内した。

「食べますか？」

自分のデスクに置いてあったデカい柿ピーの瓶を差し出すも、田澤は苦虫を嚙み潰したような顔である。

「……食べませんよねぇ、ハハ」

田澤は呆れたように小さくため息をつくと、用件を切り出した。

「実は、アジアの某超大国を内偵中の内閣情報調査室のメンバーが、拉致されたようでして」

「アジアの某超大国……。はて、どこだろう」

しらじらしく首をひねる野々村に、「中（ピ――）ですよね」と高座。

野々村が「アジァ」と顔をしかめた。駄洒落を言いたかっただけだ。

「きみ！　お口にチャック」

田澤に注意された高座が返事の代わりに舌打ちする。

ムッとしている田澤を、「で、私たちに何を」と野々村が上手く話に引き戻した。

「なんとか、そのメンバーを救ってきていただきたい」

「なぜ我々に？」

「野々村係長のお兄様、野々村光太郎氏が遺された事件の、調査中だったそうです」

「兄の……」

野々村の顔が曇った。自分と瓜二つだった兄・光太郎が亡くなってから、もう4年が経とうとしている。

――心臓が息の根を止めるまで、真実を求めてひた走る。それが刑事だ――

兄の口癖が脳裏に浮かんだ。骨の髄の髄まで、刑事だった。

「……わかりました。やれるだけのことはやってみましょう」

野々村が資料を受け取ると、田澤はハゲ頭・メイド・イン・ジャパンを下げて立ち上がった。

「待ってください」

行こうとした田澤を、高座が引き止めた。なんだ、というように田澤が振り返る。

「この手の任務のリスクは、本人も覚悟の上のことでは？」

「まあ、本来はね。でも昨今、本人というより、ご家族が無闇に騒ぎまくることが多くて。ご主人が帰ってこないと警察に駆け込んだり、ネットで騒いだりと、まあ、看過できない感じというか」

「命を惜しむか。内閣情報調査室ってのはヌルい組織っすね」

自分には望むべくもない寝ぐせのついた若造に言われ、田澤が色をなした。とっさに野々村が「これ！」と高座を諫める。

しぶしぶ矛を収めた田澤は再びドアに向かったが、「あ」と途中で立ち止まり、高座を振り返った。

「なお、警視庁公安部内部調査室の板谷啓巡査長も一緒に拉致されているようだ」

「板谷さんが⁉」

高座は思わず立ち上がった。

次のミッションにはお前が必要なんだ――板谷は高座にそう言った。その任務の最中に拉致されたというのか。

「公安は救出作戦をしないようだがね」

嫌味たっぷりに一矢報いると、田澤は駆け足で階段を上って去っていった。

野々村が資料を見る。それは内閣情報調査室所属員名簿で、板谷とともに拉致されているのは、古暮修、28歳。前途有望な青年だ。

「私は救出に行くが、きみはどうする」

呆然と立ち尽くしている高座に訊いた。

「自分は……」

高座は言い淀んでいる。元公安としての美学と、板谷への情。その二つの板挟みになって葛藤しているのだ。

「組織の保身のために、自分の情を殺す必要はないよ。時代は成長している」

そう言うと、野々村は自分のロッカーを開けてコートを取り出した。早くも行動を開始するようだ。

「ちなみに、救出とは、どこへ」

「うん。まずは、この部署のキーマンがいる場所に行き、策を練る」

つかの間逡巡したが、高座は腹を決めた。

「このミッション、自分がやります。やらせてください！」

少々暑苦しいほどの熱血漢である。

「おお、それはもちろん大歓迎だ。だが、指揮はそのキーマンが執る。たぶん、特殊な事案だからね」

「特殊？　どういう意味ですか」

いつも柔和な野々村の表情が、あきらかに引き締まった。

「スペックという、特殊な能力を持つ者が絡んでいる可能性が高い」

「スペック!!　やはり、実在してるのですね!!」

声が無駄にデカい。野々村がちょっと顔をしかめる。

「真実は、きみの眼で確かめるといい」

鼻息の荒い高座に、野々村が静かに言う。

飼育ケースの中のトウマが、土の中でもぞもぞとからだを動かした。

7

高座はビニール傘を閉じ、バサバサと二、三度振って水滴を弾いた。

雨の降る中、野々村に連れられてやってきたのは、西多摩警察病院である。

「ここにキーマンが？」

「そうだよ」

きりっとして答え、野々村が建物の中に入っていく。

キーマンは、ここに入院しているらしい。にしても、内科・神経内科・精神科・精神内科・精神神経科・リハビリテーションセンター……警察病院にしては診療科目に偏りがありすぎるのではないか。

キーマンの担当医に面談を申し入れると、ちょうど休憩中だという。大橋巨峰という医師は診察室にいて、色っぽいナースにブドウを食べさせてもらっているところだった。

——なんなんだ、このブドウ医者は。

高座は居心地悪そうに診察室を見回した。ブドウ糖はまだしも、ブドウのポスター・写真・カレンダー・ランプ・CD・本・ガム・お菓子など、部屋中ブドウと名の付く関連グッズだらけである。

「御厨さんは、とうてい退院させられる病状ではありませんよ」

医師は、対面して座っている野々村に険しい顔で言った。

「いやいや。退院じゃありません。転院です。ほら、このとおり、転院先からの証明書と、裁判所が出した、私、御厨光次郎の後見人の証明書です」

野々村が書類を差し出す。傍らに立っていた高座は目をみはった。2枚とも偽造した証明書だ。

受け取ろうとした医師の横から、ナースが書類を奪い取った。

名札には那須茄子とある。医師は巨峰でナースは茄子。この病院大丈夫だろうか。ナースは書類をクンクン嗅いで、判別がつかないというように首を傾げ、次にペロペロと紙面を舐め、やっと確信したように医師に告げた。

「本物です」

医師は深いため息をつき、渋々ながら言った。

「本物であれば仕方ない。では、転院の手続きを」

医師とナースが連れ立って診察室を出ていくと、高座は言った。

「……全部、ニセの書類でしたね。いいんですか？」

「きみは、例えば真夜中、誰も通っていない道の赤信号を律儀に守るタイプかね？」

「自分は、そこは守ります」

「ほう。実は、私もそうなんだよ。だからさっきから冷や汗で背中がビショビショ！」

タヌキじじいめ。おどけてみせる野々村を、高座は冷ややかに見下ろした。

「とてもそうとは思えません。あなたは、こういう秘密工作活動に手慣れてらっしゃる」

野々村はバツが悪そうに、デスクの上にあった消毒スプレーで手を清めた。

そして改めて、キーマンである「御厨静琉」という人物について語る。

「ここで治療している訳ではないんだ。治療できる病でもない。ここに入れた理由は、安全で安心だからだ。彼女にとってはね」

「彼女？」

高座は思わず眉（まゆ）をひそめた。

「女なんですね」

「そだよ。あれ？　言ってなかったっけ」

聞いてねーよ。ということは、自分は女の指揮の下で動くことになるわけか。

高座は、コートの襟をビシッと正した。

「キャリアは自分より上なんですね？」

それならば仕方ない。あまり気は進まないが、いまはすべての女性が輝く社会だ。

「いや。キャリアはきみより全然少ない。だが、能力は上だ」

サムズアップする野々村。

「な⁉」

高座の口を封じるように、野々村は鞄（かばん）を持ってさっさと診察室を出ていった。


ガチャリ。

警備員が閉鎖病棟の重い扉を開け、医師とナースが中に入っていく。

「あれ？」

病室にやってくると、患者はすでに荷物をまとめ、着替えも済ませてベッドに腰掛けていた。

「転院する話、聞いてたの？」

驚いて医師が訊く。

「聞いてなくても、わかります」

女が立ち上がった。

「くれぐれも、その右目の眼帯は外しちゃ駄目だよ。大変なことになりそうだから」

「D'accord!（ＯＫ！）」

怒鳴るように答え、二人を押しのけて病室を出ていく。

「Pourquoi le français?（なぜ、フランス語？）Attends!（待って！）」

驚いて女を追いかけるナース。

「いや、おめえもだよ。わかりづらいわ」

医師も遅れて病室を出た。

「御厨静琉」とは、いったいどんな女だろうか。

高座たちが閉鎖病棟の扉の前で待っていると、医師とナースに連れられて黒ずくめの女が出てきた。

「おー、愛しき私の孫娘よ！　グランドファザーだよ」

ハグしようと両手を広げて待ち構える野々村を直前でスイとかわし、女は高座の前にやってきた。

短い髪と、化粧っ気のない顔。着ているものは重そうなベルベット地のワンピースで、全体的にもさっとした、暗い印象の女だ。

右目は前髪で隠れているが、大きな左目で無遠慮に高座を見つめてくる。

「……御厨です。よろしく」

ぼそぼそとぶっきらぼうに挨拶すると、御厨は視線を外してうつむいた。

そこで初めて、高座は気づいた。前髪の下の右目に、海賊のようなアイパッチをしている。

「高座だ。自分のことはもうすでに？」

「とくに何も聞いてませんが、知らなくて困るような不都合はないはず」

初対面の相手に向かって、失礼な言い草だ。少々カチンときたが、受け流した。

「その目……、ケガなのか」

「まあ、その辺です」

あくまでそっけない。この女、コミュ障か？　まあ29歳というから四つも年下だ。

ここは自分が大人の余裕を見せてやろう。

「自分は元公安の刑事だ。捜査に関しては、力になれると思う」

するると御厨は、急に顔を上げて高座を見た。

「指示は私が出します。過去の呑気な経験は捨てたほうがいいと思います。生き残りたければ」

言い捨てて歩きだした御厨を、「ちょちょちょちょ」と腕を伸ばして止める。

呑気な経験だ？　高座もさすがに黙ってはいられない。

「こういう言い方はしたくなかったが……、自分のほうが年齢も経験も上だ。言葉遣いには気をつけろ」

冷静に諭した。口のきき方を知らない生意気な女には、世間の常識というものをきっちり教えてやらなければならない。

ところが御厨はフンとわざとらしく鼻で笑い、

「D'accord（ＯＫ）」

あきらかにあしらう口調で短く言うと、さっさと歩きだす。

今度こそ頭に血が上った高座は、御厨の胸ぐらを摑んで引き寄せた。

「図に乗るな」

もはや怒りを隠さず睨みつける。

「ぬっさこの、ちょすな！　（この野郎、触んじゃねぇ！）」

高座の手を振り払ってフランス語から一転、御厨は気仙沼(けせんぬま)弁で応酬してきた。

「年齢だ経験だて、図に乗ってんのはあんだのほうだいっちゃ！」

「なんだと！」

いがみ合う二人の間に、野々村が慌てて割って入ってきた。

「たんま、たんま、たんま哲郎(てつろう)、たんま山鉄二(やまてつじ)なんちゃって。ブレイク！　ブレイク!!」

「……おだずなよ（調子に乗るな）」

カァー、ペッ！　御厨が高座の足元に唾(つば)を吐いた。

「ああー!!」

激怒した高座が、また御厨に掴みかかっていく。大人の余裕はもはや消滅している。

「いいかげんに岸部(きしべ)シロー、佐野(さの)シロー！」

先が思いやられながら、野々村がやっとのことで二人を引き離した。

「ちゃんと転院するんですよね？」

この騒動を見て、医師はにわかに不安になったらしい。

「はい!!」

三人仲良く口をそろえた。

＊

途中で鯛焼きを6個、クロワッサン鯛焼きを6個購入した御厨は、デスクにそれらの箱を並べると、両手にそれぞれ一つずつ持ち、ニタリと笑って交互にパクつき始めた。

「んまい……んまい……モグモグ、モグモグ」

「モグモグ言うな」

向かいの席で、高座が顔をしかめる。まったく可愛げのないモグモグタイムだ。

どこで売ってるのか、鯛焼きのクッションやら文房具やらマグネットやら、パソコンの壁紙まで鯛焼きで、御厨のデスク周りを見ているだけで胸焼けしそうである。

そんな御厨を見守るように、マスコット人形が置いてある。気仙沼市の観光キャラクター「ホヤぼーや」だ。ホヤヘルメットにサンマの剣にホタテのベルト、サメ皮のマントをまとった海の子だ。数々のテレビドラマに出演してきた、小道具界の名バイプレーヤーと評判のゆるキャラだ。そんなトリビアはどうでもいい。

と、そこへ野々村がきて、二人に調査資料を配り説明を始めた。

「かの、アジアの某超大国は……」

「中（ピ――）ですよね」

再び高座が国名を口にする。野々村は「アジァ」と本日二度目の苦笑いをしたが、どんな大人の事情があろうと曖昧な物言いは好かないのだ。

「大人気ねぇー」

モグモグの合間に、御厨が小馬鹿にしてくる。

「なんだと！」

「やんのか、こら！」

まるっきり小学生のケンカである。

「ワシの話を聞け！」

野々村はほとんど先生の気分だ。

「ホーラ、怒られた」

「お前だ。お前。お前が怒られたんだ！」

また幼稚な言い合いになる。犬と猿のほうがまだマシかもしれない。

「ほらほら説明するから。かの、アジアの某超大国は、ＤＮＡの人体実験では欧米・ロシアをはるかに凌ぐレベルに達しており、近々デザイナーズベイビーも実用化されるという噂があり……」

「デザイナーズベイビーとは……」

資料をめくりながら、高座が言った。

「そんなことも知らねえの？」

また御厨が馬鹿にする。

「知っとるわ！　国際条約違反じゃないかと言おうとした」

「だから、それを調べにいったCIRO（うち）の仲間と公安の刑事が、作戦中に拉致（らち）られたんでしょが」

「わかってる。だから……」

「あー、せずねぇ！　（黙れ）」

「せずねぇってなんだこら！　なまってんじゃねぇぞ」

高座が椅子を蹴（け）って立ち上がり、御厨に向かっていく。方言の意味はわからないが、いい意味でないことは憎たらしい顔を見ればわかる。

「ちょちょ、待て！」

野々村が高座を止めながら説明を続ける。

「あくまでも噂の域を出ないが、……スペックを持つ者たちのクローンも実用化されているとか……」

「ニノマエのクローンたち……って奴ですか」

鯛焼きを頬張った口で、御厨が言った。

「ニノマエ？」

　高座は眉を寄せた。初めて聞く名だ。

「時を止める特殊能力を持つスペックホルダーって奴よ」

「時を止める？　ホントにそんなことができるのか！」

　驚きのあまりつい声がデカくなる。

「いちいち説明が大変な新人だな！　とにかく、私の指示に従えばいいです。よけいなことはしなくていいから」

　また偉そうに……しかし、自分がスペックについて何も知らないのは確かだ。高座は引き下がって、自分の席に戻った。

「ああ、指示どおりですね。わかった。じゃあ一つ一つ指示してもらおう」

「んじゃ立って」

「あ？」

「立ってー」

　はいはい、と立ち上がる。なんだ、茶でも淹れさせる気か？

「両手を平行にして〜、そのまま右斜め上に上げて〜、斜めにしゃがむ。人差し指！　はいウサイン・ボルト」

「ざけんなてめー！」

まんまとライトニング・ポーズを決めた高座が、電光石火のスタートダッシュで御厨に突進する。

「なんだこのやろー！」

御厨も立ち上がって向かっていく。

摑み合いの勢いで劣化した配管から熱い蒸気が噴き出した。それを背中に受けた高座がアチアチとわめいている。

ここは荒れたヤンキー高校か。野々村は胸を押さえてデスクに手をついた。

「ああ心臓が……。血圧が……」

亡き兄と同様、成人病の歩くショッピングモールなのであった。


「アジアの某超大国の情報持ってる奴、知ってるか？」

出かける準備をしながら、御厨が妙におずおずと訊いてきた。

「なめんな。公安の刑事なら誰でも、いくつかパイプは持ってる」

「そう。じゃお願いします」

「あ、ああ」

高座は面食らった。先ほどとは別人のようなしおらしさだ。

「じゃあ、行ってきます」

御厨は野々村に言い、大きな黒いバッグを肩にかけ、背を丸めてうつむきがちに部屋を出ていった。

「高座くん、ちょっと」

行こうとした高座を、野々村が呼び止めて手招きする。

「はい」

野々村は奥まった場所にあるロッカーから、ホルスターに収まった拳銃(けんじゅう)と手錠を出してきた。

「これ」

戸惑ったのは、高座である。

「警察でもないのに、所持していいんですか?」

「ここで起こることは、すべて内緒のことだ。わかったね」

やはり、一筋縄ではいかないジイサンだ。

「それに、私がきみたちにできることといったら、これぐらいのことしか……。御厨くんは強がっているとはいえ、殺し合いになったら、さすがに何もできないただの小娘だ。いろいろ頭にくることはあると思うが、辛抱して護(まも)ってやってくれ」

そんなふうに言われてなお意地を張るのは、男のすることではない。

「……わかりました」

ポンポンと野々村が高座の肩を叩く。

高座は拳銃を押し頂いて受け取り、御厨のあとを追って出ていった。

「幸運が残っているのか、厄災が残っているのかは知らんが、パンドラの箱は、再び開かれてしまった……」

一人になった野々村は、ぽつんと呟いた。

拳銃を取り出したロッカーの中には、兄・光太郎の仏壇がしつらえてある。

遺品である血まみれのベストとマトリョーシカ。仏飯器には、大好物の柿ピーを供えてある。

チーンとおりんを鳴らし、位牌に手を合わせた。戒名は、『柿飛院雅光居士』。

「アニキ。あの二人を護ってやってくれ」

兄と肩を組んで写っている写真に、野々村は語りかけた。

8

すでに深夜近かったが、高座は御厨を連れ、知り合いの情報屋がいるインド料理店にやってきた。

「ビニ……本？」

店の看板を見上げ、御厨が言った。最後の文字が別の看板で隠れているが、その看板のほうの店名はちゃんと見えている。

「タ！　〝ビニタ〟！　書いてあんだろうが」

どこの世界にビニ本なんていう店名のインド料理屋があるか。

冗談のつもりか？　振り向くと、御厨は無表情のまましれっと見返してくる。この女、何を考えているのか、さっぱりわからない。

「……かっ！」

高座は先に店の中へ入っていった。

「ナマステー（いらっしゃいませ）」

そう広くない店内には、数組の客がいた。高座は気に留めず、さっさと店の奥に入っていく。御厨もあとに続いた。

ビーズの簾（すだれ）を上げると、そこはロウソクの灯（あか）りが揺らめく怪しげな小部屋である。

高座は、御厨を促して中に足を踏み入れた。部屋の隅に置いてあるお香から、ちょっと甘みのある独特のエスニックな香りがする。

正面に、ターバンを巻いた胡散（うさん）くさいインド（南部）系情報屋の男が、絨毯（じゅうたん）の上にあぐらをかいて座っていた。

「久しぶりだな。公安をクビになったらしいが、何やってんだ。フン！」

インド人の情報屋が話すのはマラヤーラム語だ。低い机の上に置いた真鍮の丸い器の中で、小ぶりの亀がのたりのたりと動いている。

「俺のことはいい。公安の刑事とＣＩＲＯのスタッフが拉致られたんだが、何か知らないか」

インド人がおもむろに手を出す。高座はコートのポケットから、お札を取り出した。数えると３万ある。

「もっとよこせ」

強欲なインド人だ。足元見やがって。

「これで全部だ」

マラヤーラム語と日本語の交渉が続く。

「図に乗るな」

高座は、机の上にお札を叩きつけた。インド人の価格交渉につき合っていたら日が暮れる。いや、夜が明ける。

インド人は高座をねめつけたが、これ以上搾れないと思ったのか、３万で手を打つことにしたようだ。

「３日前だ。横浜の中華街の外れに天津という店がある。あの国の工作員のたまり場だ。そこの誰かが拉致に関わってる」

そう言うと、机に置いてあったカナヅチでいきなり亀の甲羅を叩き割った。

「割れ方が不吉だ」

見上げてくるその顔もまた、かなり不吉である。


「その天津という店に行ってみるか。それとも、搦手から行くか」

店を出ると、高座は御厨に訊くともなく言った。

御厨は、インド人情報屋から土産にもらったハダカの亀をぶらぶらさせている。何か、ちょっと卑猥な感じだ。

「は？　正面突破しかないでしょ」

高座は少し慌てた。臆病風に吹かれたと勘違いされてはたまらない。

「俺も正面突破しかねえと思ってた」

「どうだか……」

「あのな！」

抗議しかけた高座に、御厨がふと言った。

「マラヤーラム語がわかるんですね。20以上あると言われている、インドの公用語の一つをマスターしているとは」

「日大文理学部をなめんな。お前こそ、マラヤーラム語だとよくわかったな」

「ハーバードなめないでください」

くっ。さすがにデュエルできねえ。

「それにIQ230もあると、どうでもいいことも簡単に覚えちゃうんですよねぇ〜。3時間その国にいるだけで、その国の言葉がマスターできちゃうっていうか」

「あー。うるせぇうるせぇ」

御厨は妙な手振りで踊りながら、マラヤーラム語で歌い始めた。

「♪ハダカの亀。なんて可愛いの、王子様〜。ハダカの亀……」

「やめい！」

やっぱり卑猥な感じである。

＊

夜も更けた人通りの少ない中華街にあって、中国飲茶（ヤムチャ）の店「天津」だけは、常連客でにぎわっていた。

店内を飛び交っているのは中国語。日本人は一人もいない。

四人掛けのテーブルでは、中国人の男女が食事ではなく麻雀（マージャン）を楽しんでいる。

「今度は公安じゃなくて、内閣情報調査室ってとこにスペック調査の部署ができたらしい」

「CIROの中に？　今度は本格ね」

会話でわかるとおり、店にいるのは全員、工作員だ。

「いいや。ジジイとオンナともう一人は男。女は病人。男は公安をクビになったポンコツらしい」

「どんなポンコツだよ！」

ワッハッハと笑い声が起きる。

と、その時、店の扉が開いた。一瞬にして店内が静まり返る。

「……あの男が、そのポンコツだ」

先ほどの工作員が小声で言った。

入ってきた客は、むろん高座と御厨である。

刺すような視線も意に介さず、二人は隣り合わせのテーブルにそれぞれ座った。

「中国語のメニューしかないけど」

赤いチャイナ服の店主が、中国語で言いながらメニューを置いた。

「餃子（ギョーザ）二人前と、ビール」

高座が日本語で注文する。続いてメニューを左目で食い入るように見ていた御厨が、

「私はニラ餃子二人前とビール、デザートにパンダまん」

なんと流ちょうな中国語である。

「ハオ（かしこまり）」

店主は愛想なく言い、メニューを下げていった。

店内にいる中国人たちは、無言のままこちらを睨(にら)んでいる。

「当たり前だが、歓迎されてないな。俺たち」

「やっぱ公安の刑事とＣＩＲＯの仲間を奪還するとなれば、さすがに向こうもいきり立ちますよ！」

聞き耳を立てている工作員たちにわざと聞かせているような、必要以上に大きな声だ。

「声がデカい！」

「ビビってんすか？」

「ざけんな？　誰がビビるか。誰が来ようが返り討ちだ」

「へー」

そこへ、店主が注文の品を運んできた。

「はいビール。これ普通の餃子」

それぞれのテーブルに文革ビールと箸(はし)を置き、高座の前に餃子を二皿。

「これニラ餃子とパンダまん」

御厨のテーブルに残りの皿を置くと、

「チンマンヨウ（ごゆっくり）」

店主は言葉とは裏腹な、早く帰れと言わんばかりの顔で去っていった。

夕飯を食べていなかった二人は箸を取り、ガツガツと競うように食べ始めた。

「それ一つください」

御厨が箸を伸ばし、高座の餃子を一つ横から取っていく。

「んまい。こっちのニラ餃子も美味しいっす。ホレ」

箸を置き、ニラ餃子を手でつまんで高座の皿に置く。

「餃子を手でつまむな」

高座は顔をしかめたが、ひと口でバクッとそれを頬張った。

中国人の工作員たちが、そんな二人の様子をじっと見つめていた。


料理を平らげて店を出ると、二人は中華街からほど近い広場にやってきた。

ベンチに座り、高座がイヤホンの片方を御厨に差し出す。高座が食事をしながら店のテーブルの下にこっそり仕込んできた盗聴器の音を拾うためだ。

すぐに声が聞こえてきた。

『コッコッコッコ。ワンツーワンツー、テストテスト。間抜けなＣＩＲＯの連中が残していった盗聴マイクですが、いかがでしょうか。コッコッコッコ。ワンツーワンツー』

中国語ではなく、ネイティブっぽい日本語だ。セリフの内容からすると、ＴＶか舞台の音声スタッフの経験があるようだ。

「そっこーバレてる」

つぶやく御厨に、高座がうなずく。

「まあ、バレるわな」

「るわなー」

二人とも想定内である。

『聞いてるかーい。ＣＩＲＯのボケども。マジな命のやり取りつーの、パツイチかましてやりてえとこだが、今回だけは見逃してやる。命は一つしかねえんだから、せいぜい大事にしろよ』

「『命のやり取り』『パツイチかましてやりてえ』……」

「昭和の決めゼリフっすかね」

「うむ……」

中国人の工作員にしては、どうも様子がおかしい。

『わかったか。わかったら、返事しろーい』

「盗聴器に返事しろって、こいつバ」

言いかけて止まった。高座が口に受信機を当てている。返事する気満々だ。

「……バカなのか」

高座は気まずそうに受信機を持った手でポリポリ頭を掻くと、

「返事聞こえないから、こっち覗きにくるぞ」

「そこまでのバカが存在しますかねえ？」

二人はくるっと後ろを振り返った。

と、赤いレザージャケットとヒョウ柄のシャツを着たチンピラ風の男が、自販機の後ろからひょいと顔を出した。こちらの様子を窺っているらしい。

「な。バカが来たぞ」

「ホントにバカだ」

逆に感動していると、チンピラはまた自販機の後ろに引っ込んだ。

「おい、バカ。出てこいよ。『命のやり取り』かましてえんだろ？」

高座の挑発に乗ったチンピラが、ヘビ柄ズボンのポケットに手を突っ込んで「オラオラオラ！」と大股で歩いてくる。

「ダサッ。ウププ」

御厨が噴いた。オラついた登場の仕方もファッションも何から何までクサい。

「一度吐いたツバは二度と飲み込めねえの、知ってんのか。オラァ」

「うわ。サブイボもんの決めゼリフ。頭わりー」

両手を体に巻きつけてスリスリする御厨。

「なんちゅうわいや（なんだとオラ）！　九州は鹿児島から長渕先生の歌聞きながい一旗あげくるち夜行バスで上京した、おいがい魂見せっくってね」

チンピラは銀歯をギラギラさせながらきっつい鹿児島弁で言うと、胸の前で手を交差させてバツ印を作った。右手の甲には鹿児島の三文字、左手の甲にはとんぼの絵の刺青。ここまでバカだといっそ清々しい。

「長渕先生……。そこは俺もリスペクト」

男たちを熱く揺さぶる長渕イズム。反射的に賛同する高座を、御厨が「はぁ⁉」と見やる。

と、チンピラが後ろからマイクを取り出した。

「ユーはショック‼　愛で空が落ちてくる～」

リズムに乗って歌いだすが、どえらい音痴だ。

「全然違う。それクリスタルキング」

高座が眉を寄せた。

「俺的北斗最終奥義。天地を揺るがす宿命的秘術、食らうがよい」

お前は世紀末救世主か。チンピラは重々しくマイクを地面に置くと、

「タケノコ、タケノコ、ニョッキッキ」

珍妙な振りで、両手の人差し指と中指を鉤形にして交差させる。前置きとの温度差をものともしない。

「は？　なんだそれ。長渕先生に謝れ！」

高座は目を吊り上げた。長渕先生への冒瀆だ。

「①ニョッキ、②ニョッキ、③ニョッキ」
①で両手を後ろへ、②で両手を前へ、③でくるんと回って再び両手を胸の前でクロスさせ、「バアー！」とゴルゴの「命！」のポーズ。
次の瞬間、チンピラの口が縦に広がり、そこから湧き出した黒いドロドロが凄いスピードで二人のほうへ向かってくる。

「危ない！」

御厨は間一髪飛びのいて難を逃れたが、逃げ遅れた高座は足をドロドロに搦め取られてしまった。

御厨はチンピラを睨みつけた。こいつは中国人工作員でも、ただのイカれたチンピラでもない。

「やはり、スペック……」

「ぐおお」

高座の手から拳銃がこぼれ落ちた。ドロドロが這い上がって、腕や身体を締め上げていく。

「おはん、そげなこつで幕府ば倒せるち思うちょっとか。チェストー！　鹿児島魂なめちょんな！」

今度は西郷どんか。チンピラが御厨のほうを振り返った。

「女。次はおまえだ。①ニョッキ、②ニョッキ、③ニョッキ。バアー！」

口から放出された黒いドロドロが、生き物のように御厨の足に絡みついていく。

「ううっ！……桜島、溶岩の術……！」

なぜか、このスペックの名前を知っている御厨。もしかしたら、このチンピラの存在も想定内なのか。

御厨がスペックの名前を知っていたことに気を良くしたのか、

「お前は俺たちの力がわかってるようだな」

チンピラは満足げに言った。

「噂によると、お前もスペック持ちらしいが——」

「え？」

高座が聞き咎めた。御厨がスペックホルダーだと？

その言葉を打ち消そうとするかのように、御厨が怒鳴る。

「ザコのくせにペラペラとうるせえんだよ！」

「ザコ？　誰がザコ？」

「お前しかいねえだろ。このタコでザコ！」

煽られたチンピラが怒りで笑いだした。

「へへ……ユーはショック！」

背中からマイク、ではなく手斧を取り出す。

「クソビッチが。謝るなら、今がラストチャンスだぞ」

「ビッチじゃねえ。てか殺れる根性があるなら、ちゃっちゃと殺ってみろ。このホデナス！（バカ野郎！）」

「なんよホデナスち！　方言を使うな。このガキャ!!」

自分の方言を棚上げして斧を振りかぶるや、身動きの取れない御厨に突進していく。

「やめろ！」

高座が叫ぶ。必死に体を動かそうとするも、ドロドロがさらに締め付けてくる。

チンピラと御厨の距離があっという間に縮まっていく。

もうダメだ。御厨を護ってくれと、あれほど野々村に頼まれていたのに——。

——面白くなってきた。

ニノマエイトは広場を見下ろす塀の上に座り、地獄達磨を膝に抱えて、その様子を見物していた。

元公安の刑事もいい味を出している。ビルの屋上で犬神を殺し、奴を犯人に仕立て上げたのは正解だった。

「私は、時を止めないよ」

巨大な満月に照らされながら、イトは薄く笑った。

9

殺気を漲らせたチンピラが、手斧を振りかざして一直線に走ってくる。

御厨の左目が大きく見開かれた。

今まさに斧が振り下ろされようとした、次の瞬間——。

プシュ！

チンピラが大きくのけぞった。

プシュ、プシュ、プシュ！

二、三度よろけて、その場にくずおれる。
高座が驚いて見ると、御厨がサイレンサー付きの銃を構えていた。

二人を縛り付けていた黒い物体がブチブチ……と雲散霧消し、体が自由になる。

「チンピラのくせに、おだってんなよ（調子のんな）」

御厨が倒れた男に吐き捨てた。

ちょっと待て。野々村の話では、殺し合いになったら何もできないただの小娘じゃなかったのか。

「銃を持っていたのか」

高座が訊くと、「一応ね……」と、悪さを見つかった子供みたいにきまり悪そうな小声で答える。

「殺したのか？」

「プラスチック弾っすよ。すぐ目が覚めるはず。持って帰っていろいろ尋問しましょう」

「ああ」

ひとまず安心して高座が手錠を出した、その時だ。

倒れているチンピラの頭上に突如、箱を載せた王冠がピロリンと出現した。

王冠の真ん中に「寿命」と文字が書いてある。

と、箱の前面に「０６５」という数字が出てきた。

「数字？」

「なんだ？」

二人して首をひねっていると、王冠の箱がシュンと消えた。

いったい、今のは——？　狐にでもつままれたような気分だ。

「こっち、だよ」

ふいに、遊びにでも誘うような女の声がした。

見ると、フリルの傘を差し、クマのリュックを背負ったロリータファッションの女が、木の陰に立っていた。

美しいが、若くはない。コスプレの域まで若作りした美魔女である。

彼女の片方の手にあるのは、先ほどの王冠の箱だ。

「何者だ。きさま」

御厨が訊くと、女はブリッコして歌い始めた。

「玉森(たまもり)美容外科〜〜。玉森美容外科〜〜〜」

回りくどいにもほどがあるが、女の名前は玉森敏子(としこ)という。

「……どこ見てんのよ」

ドスのきいた声。間違いなくこっちが本性だろう。

「まさかのローカルＣＭ」

「インチキすぎる」

ツッコミどころしか見当たらず、二人ともどこからツッコんでいいのかわからない。

敏子は傘を放り捨てると、箱の中から小さな光るせんべいを取り出して、これ見よがしにア〜ンと口の中に入れた。

せんべいをボリボリと音を立てて食べる。するとチン！　と音が鳴って、箱の数字が一つ減った。

敏子が箱の中のせんべいを食べるたび、チンチンチンと箱の数字が減っていく。

数字が50台前半になったとき、ハッと二人は気づいた。横たわっているチンピラの顔が、どんどん老化していっている！

「どういうこと？」

40台……30台……中年から初老へ。20台……10台……チンピラはとうとうシワだらけの、白髪の老人になった。

敏子は箱をひっくり返し、口を大きく開けた。最後の一枚が口の中に消えていく。底をトントン叩いて、その残りカスまで貪欲に放り込む。

数字がついに0になり、ゴーンと弔いのような鐘の音がする。と同時に、チンピラの首がガクッと落ちた。

「し、死んだ？」

高座がチンピラの顔を覗き込む。そこに生命の気配は感じられなかった。

「まさか……寿命を喰い尽くすスペック」

御厨は若作りの女を見た。

箱に出てきた数字は王冠をかぶった者の寿命で、あの光るせんべいは人間の寿命そのものなのではないか。

「そだよ」

敏子は軽く答え、やおら自分の鼻の両穴に親指と人差し指を突っ込むと、「うっプン♡」と鼻息で指を吹き出した。

「ん？」

いつの間にか高座の頭上にピロリンと寿命箱が載っかっている。あ、と御厨が箱に出た数字を指差す。「076」——高座の残りの寿命だ。すげえ長寿だ。きんさんぎんさんか。

「え？」

高座が状況を把握しきれないうちに、寿命箱はヒュッと空を飛んで敏子の手元に戻っていた。

「お前の寿命も喰い尽くしてやる」

敏子がボリボリ、寿命せんべいを食べ始める。

「いや。やめてー！　食べないで！」

高座が悲鳴をあげた。しかし敏子は容赦なく高座の寿命を喰っていく。

チン！　チン！　チン！

数字はあっという間に60台に突入した。

「あ、白髪」

ちょっと冗談で言ってみた。

「え⁉　おい、ちょっとやめて～！」

高座は半泣きである。無理もない。たった今、チンピラが老化して死んでいく様を目の当たりにしたのだ。

敏子は楽しそうに、美味(おい)しそうに光せんべいを頬張っている。

「……ぬっさ、この（この野郎）」

御厨の全身がカッと怒りに包まれた。熱い。細胞が火傷(やけど)しそうなほど沸騰した血が、奔流となって体じゅうの血管を駆け巡る。

眠っていたＤＮＡが細胞単位でうなり始めた。

御厨は両手で顔を覆い、崩れる意識に抗おうとするが、暗い血の濁流に一瞬で押し流される。

気づいた敏子が、せんべいを食べる手を止めた。足元がフラついて、今にも倒れそうだ。

御厨は天を仰いで白眼を剝き、意識を失ってガクンと地面に膝をついた。

「どうした？」

高座が驚いて声をかけるが、返事はない。

まるでイスラム教の祈りのように、御厨は前のめりに上体を倒した。

ガツンと鈍い音がして、御厨の顔が地面を打つ。高座が御厨の名前を叫びながら駆け寄り、体を助け起こそうとして、その手が止まった。

「……ククククク……クククククク……」

地面に打ちつけた顔から不気味な笑い声があがり、御厨は亡霊のようにゆらりと立ち上がった。

赤い唇。狂気に躍る瞳。その顔は、まるで別人のようだ。

左手をゆっくりと鮫皮の眼帯にかける。

「やっと来たよ、クレイジーバージョン。超面白え」

塀の上のイトが、嬉しそうな声をあげた。

眼帯の下から、御厨のもう一つの目が現れる。

赤く光る右目だ。

「出た。オッドアイ」

イトが興味深そうに視線を注ぐ。

「なんだ？　お前」

敏子がけげんそうに御厨を見やる。

御厨の周囲が、波間のようにゆらゆらと波打ち始めた。

「御厨……？」

同僚の変化に、高座は呆然とするしかない。

「消滅シタイカ」

御厨の声が変化した。女のものとは思えない、不快な低い嗄れ声だ。

「オーラが完全に変わった。やっぱ超レアなサンプルだなぁ」

さすがのイトも驚きを隠せない。

「御厨静琉」は、怒りが沸点に達すると別人格が現れるのだ。

御厨は開いた両手を顔の前で合わせ、人差し指と親指の間にできた三角形の隙間から赤い目を覗かせた。

「なに？」

敏子がちょっと怯んだような声を出す。

御厨は太極拳の型のような動きを見せ、両掌で気を練り、腕を薙ぎ払うように振ると、玉を転がすように右手を女に向かって差し出した。

敏子の肉体がバッツバッツバッツ、と目には見えない空気玉に切り刻まれていく。

まるで鎌鼬だ。

「痛い痛い！　痛い痛い痛い！」

フェミニンなドレスがボロボロになり、両頬に三本ずつ猫のヒゲのような切り傷ができている。美魔女が台無しだ。

「ケケケケ。苦シメ。苦シメ。苦シメ」

御厨は悪魔に憑りつかれたかのように攻撃の手を緩めない。

「やめろ‼　御厨」

高座の声も、その耳には届かない。

「バラバラニスル。ウアアアアアアア」

御厨が空気玉を繰り出す寸前、立ちはだかるようにビキニのギャル集団が現れた。

「じゃん‼　ブブゼラビキニーズでーす」

赤、青、黄色……七人が色とりどりのビキニを着て、手に同じ色のブブゼラを持っている。

「せーの」

同時にぴょんと跳ねて敏子のほうを振り返り、ブブゼラを吹く。

ブブブー。音の振動につれ、敏子の姿が薄くなって消えた。

「せーの」

またぴょんと跳ねて方向転換し、今度は高座とチンピラの死体に向かってブブブー。

「うわー」

高座が悲鳴を残して消えた。イトもいつの間にか自ら姿を消している。

三度ぴょんと跳ねて、ブブゼラビキニーズが互いに円く向かい合う。

ブブブー。七人の姿が薄くなっていく。

「逃スカァァ!!」

その時、御厨の背後に音もなく影が忍び寄り、肩に注射器が突き立てられた。

「何……ヲッ……!?」

意識が遠のき、その場にくずおれる。

肉食動物用の強化麻酔剤の入った注射器を手にした野々村が、地面に横たわった御厨を見下ろしていた。

10

1年前のその日は、楽しいデートのはずだった。

彼と夕方に待ち合わせをして、それから、話題のハリウッド映画を観た。

ファミレスで食事をし、それから、イルミネーションを見にいこうということになった。ちょっと遅かったけれど、離れがたかったのだ。

ダサい眼鏡っ娘の静琉は超オクテで、彼は初めてできた恋人だった。

そこはよくテレビや雑誌に紹介されているデートスポットで、でももう閉園近かったからか、ちょっと寒かったからか、人はあまりいなかった。

彼と腕を組んで園内を回り、幻想的でロマンチックな光の世界にうっとりしたものだ。

デートの記憶は、そこで途切れている。

気づいた時、静琉は落ち葉のじゅうたんの上に座って、血で真っ赤に染まった自分の両手を見ていた。ブラウスも血だらけだ。

静琉はハッとした。

少し離れた場所で、彼もまた血まみれになって横たわっている。

「ユウスケ!!　ユウスケ!!　目を覚まして」

駆け寄って体を揺すり、必死に呼びかける。

チェックのシャツは破れて血に染まり、顔にも切り傷が数本できていた。

やがて目がゆっくり開き、彼が上体を起こした。

「ユウスケ!!」

よかった……! 静琉が伸ばした手を、しかし彼はヒッと悲鳴をあげて払いのけた。

「バ、バケモノ!!」

恐怖に引き攣(つ)った顔で叫び、静琉から必死で逃げていく。

いったい何が起こったのか……。

静琉は表情を失くしたまま、血塗(ちまみ)れの我が手を見つめていた。

11

半ば夢の世界にいる御厨の耳に、楽しそうな会話が聞こえてくる。

「雅ちゃーん。いい感じですね。ただ、ちょっと苦しがってますよ。ほら」

「……言ってますね」

これは野々村の声だ。いつの間にCIROに帰っていたのだろう……。

「でしょ? なぜかと言うと、ちょっとマットの水分が多いんですよ。そうすると、やっぱり病気の原因になりますから」

　ああ、哀川翔にそっくりのいつものカブトムシ屋さんか。

「注意すべき点は、この赤い点にだけは触れないで」

「息吸うところですね」

「さすが、よく知ってますね！　あ、先月ちょっとマット変えてみたんですよ。これ東京産なの」

「ええ？　熊本だと思ってましたよ」

「聞こえます？　気持ちいいって」

　幼虫がしゃべるわけねーだろ。つか、どうでもいいわ。

「んじゃ係長。また来月伺います。もし死んだらいつでも言ってください。すぐ来ます」

「いつもすみませんねえ」

　やっと作業が終わったらしい。カブトムシ屋さんが道具をまとめ、歌を歌いながら帰っていく。

「♪赤と黒とのいいカタチ」

「ほい」

　見送りながら、野々村の合いの手が入る。巻き込まれたくないので、御厨は狸寝入りを決め込んだ。

「♪100パー俺のいいカタチ」

「ほい」

「♪俺の、俺のカブトムシ」

「ほい」

「♪サナギも途中も、俺の、俺のカブトムシ」

「イエイぇぇ」

「んじゃまた。失礼しまーす」

やっと出ていったので、御厨は寝かされていたソファからむくりと起き上がった。

ちゃんと毛布をかけてくれてある。眼帯も元通りになっていた。

「おお、気がついたかい。気分はどうかね」

野々村がニコニコして御厨に寄ってきた。

「ばっ、まーた気絶したんだいっちゃ。あったげ情けね」

御厨は頭を抱えた。

別人格になっている間は記憶がないから、野々村に注射器で眠らされたことにも気づいていないのだろう。

と、御厨がハッとしてデスクのほうを見た。

「高座さんは？　あのチンチンせんべい化け物ババアは」

結構なあだ名がついた。

「逃げていったよ。高座くんも、拉致られた」

「拉致られた？」

「ビキニのスペック使いが何人も現れちゃってさ……。もう何がなんだか、悪い夢を見ているようだよ」

御厨がバッとソファを駆けだし、自分のパソコンに向かった。超高速でカタカタカタとキーを打つ。

「スペックは本当に人類の進化なのだろうか。能力の多様化の行きつく先は、いったいどこなのか……」

野々村はシェイクスピア劇のように悩ましく酔いしれているが、御厨はまったく聞いておらず、出し抜けに声をあげた。

「やりー！」

「どしたの？」

野々村もやってきて、パソコンを覗き込む。

「高座さんの体内にGPSを放り込んでおいたんです」

そう、昨夜の「天津」で、高座にあげたニラ餃子にGPSを差し込んでおいたのだ。

手でつまむなと文句を言いながら、高座は何も気づかずパクリとその餃子を食べてしまった。あの見事な体育会系の食いっぷりだけは褒めてやろう。

今も高座のお腹の中でピカピカと発信を続けているはず。

「奴らはそのGPSに気付かず、高座さんを自分たちのアジトに持ち帰った。つまり、高座さんもCIROの仲間もたぶんここにいますよ」

御厨は、パソコン画面のGOOGLE MAP上で点滅している場所を指さした。

「こら……また、ややこしいところに連れてかれちゃったもんだね」

野々村がため息をつく。

「某アジア超大国の大使館の中か……」

「大使館の中は、日本の中にあって日本ではない。外交特権が与えられており、日本の捜査権が及ばない治外法権区域だ。すなわち、我々はいっさい手出しできない」

「まあ、でも我々は内閣情報調査室なんですから。上司に言って、直接交渉してみてくださいよ」

御厨が事もなげに言うので、野々村も「上司ね」とつられて相づちを打ち、それから重大な事に気づいた。

「じょ、じょ、じょ、じょー、上司!!!?」

「そうっすよ」

「ちなみに、だ、だ、誰のおつもり?」

「総理大……」

皆まで言わせてなるものか。

「まさかさかさか坂本龍一坂本スミ子」

「マジでマジでの真島昌利、オン、ザ・クロマニヨンズ」

「冗談ポイでしょポイズン反町」

「あーうっとうしい。今すぐTELL　HIM！　OUR　BOSS、総理に」

「だってさ……ほら、これって僕のせいではないとはいえ、大失態じゃん。んでさ、僕はきみたちと違って年齢も年齢だから、嘱託だろ。てことは、一つのささやかなミスで、即刻『クビ〜〜〜っ!!』ってことになっちゃう、ちゃうちゃうぢゃん？」

野々村はうだうだと言い訳しながら、自分のデスクに戻っていく。

「ちゃうちゃうちゃうちゃうで。クビになったらなった時のことでしょが！　いいから、電話しろ」

御厨がデスクまできて、受話器を取り上げ野々村に突き付ける。

「でもぉ……」

「DO　IT　NO〜〜〜W！」

この部下に忖度の二文字はない。

「わかった。わかりました!!　男・野々村、総理に、この口で、ビシーと言ってやります。『総理!! トップ同士の直接対話を、ゴルフ場でもどこでもいいから今すぐやれ!! DO IT NO〜〜W!』ってね」

デスクをバンと叩いて立ち上がり、勇ましい大股で部屋を出ていく。

「止めるなら、今だよ」

途中で立ち止まって、背中でぼそり。

往生際の悪いジイサンである。

「なんで止めるんすか。はやぐ行げ!」

はあ……野々村はため息をつきつつ、ドアを閉めた。

「♪言えないったら言えないの。言えなかったら、どうなるの? 困った困った困りんこ」

どうしたものかと適当なフリ付けで適当に歌っていると、

「まさか、まだ言ってないの? 私たちのこと」

ギクギクッ。

エレベーターの横に、トウシューズの雅ちゃんが爪先立ちしている。

「雅ちゃん」

腕組みをして、爪先立ちのままトコトコと歩いてくる。プンとしたふくれっ面がまた可愛い。どうしてくれよう僕のプリマドンナ。

「いやいや。だいぶ……わりと話したけど……まだ、全部は～。まだちょっと」

「私が奥さんに直接言う。スマホ貸して♡」

いや、それは困りんこ。

「貸せっつってんだよ」

「はい……」

内ポケットから出した野々村のスマホを電光石火で奪い取る雅。

「ロックかかってる。暗証番号何番？♡」

小首を傾げて愛らしく訊いてくる。この可愛すぎる魔性はスペックなのか。

「えーと、えーと、忘れちゃったな。最近、ちょっとボケが……ボケてて、ボー、ボケキョ、なんつって」

笑ってごまかし、スマホを奪還しようと試みる。が、相手は一枚も二枚も上手だった。

「大丈夫♡　指紋認証でロック外すから。指出して♡」

「え……」

とっさに手をグーにして親指を隠す。

「指、切り落とされたい？」

怖っ。

「い……いいえ」

「親指出せ」

スマホの画面に押し当てようと、グーを握りしめる野々村から親指を無理やり引っぱり出そうとする。

「僕ね、足の指でやってるから」

「嘘つけ、そんな訳ないだろ！」

やはり往生際が悪いのであった。


暇つぶしに解き始めた数式が、ホワイトボードいっぱいになった。

「おっせーな……」

もうそろそろ夕方になる時間だ。

待ちくたびれていると、ようやく野々村が戻ってきた。

「お、御厨くん」

「どうでした？」

「んー。なんでみんな怒りっぽいのかねえ。怒るまえにさ、もう少し話をしようよ。そのために人間には言葉ってのがさあ」

御厨と目を合わせないようにして自分のデスクに向かう。その様子で察しがついた。

「総理に話せなかったんすね」

デスクに座った野々村に詰めよる。

「うーん……YESコークYES」

「秘書には話したんすか」

「ううん（NO）……YESコークYES」

ダメだこりゃ。御厨は天を仰いだ。

「あー……平和裡にコトを進めたかったですが、仕方ありません。実力行使っす」

「え、何か方法あんの」

「考えます」

「考える。考えますか。考えましょう」

「ああ糖が足りなーい、塩分が足りなーい‼」

野々村に背を向け、御厨は頭を抱えて冷蔵庫に向かった。

「ああそれダメダメ！　もったいないもったいないもったいない」

「ちょんてろっこのっ（うっせえ）‼」

冷蔵庫を開け、あんこ、生地、味噌……ストックしてあった食材を次から次へと取り出していく。

熱したタコ焼き器に生地を流し込む。卓上コンロで味噌をつけた串もちを焼く。その間にタコ焼きをくるくるくるっとひっくり返す。

流れるように手を動かしながら、頭の中ではさまざまなイメージが浮かんでは消えていく。


死んだチンピラのスペック。

寿命を喰う美魔女。

ブブゼラビキニーズ。

鯛焼き器に生地とあんこを投入して火にかける。団子をみたらしのタレにたっぷりと浸ける。

中華料理店の工作員たち。

アジアの某超大国の大使館。

テーブルの上に粉もんがずらりと並んだ。それを片っ端からガツガツと食っていく。

脳にドーパミンが大量に分泌されて、神経シナプスがビカビカと光る。

監視カメラ。

電線。

猛烈なスピードで情報が伝達され、脳細胞が余すところなくフル回転する。

炎。

スパーク。

炎。

最後に残した鯛焼きをパクリとかじった瞬間、御厨はハッと顔を上げた。

「ごっつぁんです!!」

そのまま食べかけの鯛焼きを持ってパソコンに向かう。

「すっかり食べたねぇ。ギャル曽根だねぇ。うらやましいなぁ」

横でゴチャゴチャ言っている野々村を無視し、キーを打ち込んでいく。

画面上の東京の地図に、赤い点が次々と現れた。

「何やってんの？」

「押しても駄目なら、引いてみなっすよ」

「は？」

「こっちから大使館に入れてくださいって頼んでもダメなんだから、向こうから来てくださいって頼ませればいいんですよ」

言いながら、鯛焼きのメモに何事か書き込んでいる。

「ハァ……。そりゃもちろん、そうできるに越したことはないけどねぇ」

「これ、お願いします」

野々村にメモを渡す。

「調達してきてください」

「え……。しかし、これはどこで調達すれば……」

「早くやれ」

「は、はい！」

メモを胸ポケットに収め、慌てて駆けていく野々村。

飼育ケースの中で、ゴリがもぞもぞと頭を動かした。

12

高座は紐で後ろ手に縛られ、目だし帽をかぶった男たちに地下牢へぶち込まれた。奴らが荒っぽいのは、高座が拷問に口を割らなかったからだ。そのせいで、高座の顔にはまた生傷が増えてしまった。

男たちは、牢に鍵をかけて去っていった。

「……いってえ」

硬い床に転がされた高座が独りごちると、「その声は、高座か⁉」と隣りの牢から聞き慣れた声が聞こえてきた。

「板谷先輩⁉」

立ち上がって鉄格子のそばへ行く。

「そっちは一人か⁉　こっちはＣＩＲＯの古暮さんと二人だ」

互いに姿は見えないが、高座と同じように縛られて拘束されているらしい。

「こっちは一人です。なんか、変な水着女たちに飛ばされて、ここに……」

「俺たちもだ。尋問されたか？」

これは板谷の声ではない。古暮だ。

「ああ。尋問されたが、俺は何も喋っていない」

年下の古暮にはタメ口である。

「俺たちも頑張って黙秘してるが……相手が面妖な妖怪すぎて、勝てる気がせん」

板谷が追っていたのはあのチンピラで、黒いドロドロにやられたという。

「そもそも、ここがどこかもわからん。アジアの某超大国の、なんらかの施設だとは思うが……」

古暮の声はおじさんのようだ。年下だと聞いたのはカン違いだったか。

「諦めないでください！　二人を助けようと、トクムも公安も動いてます」

「ホントか」と古暮。

「ミッションがミッションだけに、救援は諦めていたが……」

板谷の声にも安堵の響きがある。しかし、覚悟を決めていたのはさすがだ。

「古暮さんのご家族が捜索願を出して、トクムも公安も、無視できなかったと……」

高座の話を聞いて、あああ……と古暮が泣きくずれた。

「生きて虜囚の辱めを受けずと学んだのに……恥ずかしい。皆さん、ごめんなさい……」

「古暮さん。いや古暮くん。妖術で30歳くらい老けちゃったけど、人間は生きてナンボだ。死んだらすべて終わりだよ。な？」

　板谷が古暮を励ますのを聞いて、高座にも合点がいった。古暮は、あのチンチンせんべい化け物ババアに……。

「ワンワンうるさいよ！　日本国家権力のクソ狗（いぬ）」

　その敏子が、傘をフリフリしながらやってきた。顔には、御厨につけられた猫ヒゲの傷がしっかり残っている。

「なんだと。お前こそ、大国の狗じゃねえか」

　檻（おり）の中から高座が睨（にら）みつける。この女は、中（ピ――――）側についた売国奴だ。

「大国の狗で結構。背中はクマ。顔はキャッツだけどね。キャッツ！」

　まさかの自虐ネタにハタチが限度のにゃんにゃんポーズ。見てはいけないものを見てしまった気がする。

「ウケろよ」

　いや笑えねえし。高座は口をモゴモゴした。

「今の日本に命懸ける価値なんてない。私は私の価値を認めてくれる国にこの才能を使いたい」

「価値を認めてるだと？　お前は欺されてるだけだ！……と、俺は思うがな」

　最後は少し勢いが弱くなった。言い切るには、心のどこかに躊躇（ちゅうちょ）がある。

敏子は、傘の先で鉄格子をカンカンカンと鳴らした。

「日本はスペックホルダーを次々と虐殺している。今や一番信用できない国」

「虐殺？　そんなバカな」

声をあげた古暮に、敏子が鉄格子の間から傘の先を突き付ける。

「ホントだっつーの！　事実、私も何度も殺されかけた。だから私は、生き延びるために殺すの。正当防衛よ！」

両手を広げて絶叫する。なんなんだ、このクサい芝居は。

「ウケろよ」

いや笑えねえし。高座は口をモゴモゴした。

「それはそうと、あんたたち。ホリックって知ってる？」

「ホリック？」

高座は眉根(まゆね)を寄せた。思いつくのはワーカホリックとかアルコホリックとかのホリックだが、そんなものではないようだ。

「知らないか。ま、下ッ端が知ってる訳ないよね」

「それはなんだ！」

「あんたたちの国が隠蔽(いんぺい)している、最高国家機密――らしいわよ」

敏子は意味ありげに片頰で笑った。

13

地下9階のトクムにこもっていると時間の感覚がなくなってしまうが、外はもう夜の帳が下りている頃だろう。

御厨は鯛焼きを食べながら、無心にパソコンに向かっていた。

そこへ、野々村が大きな布袋と長靴を2足抱えて帰ってきた。

「消防服、貸してもらったよー、褒めて褒めてー」

はじめてのおつかいか。

「あー。やがまし!! あどちょっとだからちょんてろ（黙ってろ）」

「イエッサー！」

シーンとした部屋にカタカタカタカタと音が炸裂する。御厨は何をおっぱじめる気なのか。野々村が我慢できずに口を開いた。

「あのー。消防服借りてきたってことはさ……、まさか、放火でもしようってんじゃないよね？」

「そうっすよ」

「わーい当たっちゃった〜!! って冗談じゃないよ。本気でヤバイよ！」

「あたしだって本気（ガチ）っすよ！」

パソコンから目を離さずに御厨が怒鳴り返す。

「東京中の電気を集めて、大使館のあちこちを漏電させてるんです」

電力会社の送電システムをハッキングするのに少々手間取ってしまったが、今、送電線が大使館方面に向けて大量の電気を送っているはずだ。

「それダメ！　ノーノー！　そりゃもはやテロだよ」

野々村は顔色を変えた。

「テロじゃないですよ」

「じゃなに」

「実力行使です」

御厨はけろりとしている。

「アジャパー……」

すでにその頃、街の明かりが次々と消えて、都下の方々で停電が起きていた。

一方、アジアの某超大国の大使館近くで、配電線が過送電によってバチバチと放電し始めた。

カタカタカタ。御厨の指がエンターキーを叩く。

次の瞬間、バッツンバッツンバッツンと大使館の敷地内にある外灯がいっせいに破裂した。

「何が起こったんだ」

「確認！」

警備員たちの中国語が飛び交う。

カタカタカタ。御厨の指がエンターキーを叩く。

地下牢に近い、ブブゼラビキニーズの控室。テーブルの上で湯を沸かしていた電熱器が破裂した。

「キャー！」

慌ててブブゼラを吹くが、人は消せても燃え上がった火は消えない。

カタカタカタ。御厨の指がエンターキーを叩く。

キッチンのトースターとレンジがボン！　と火を吹き、調理人たちが悲鳴をあげた。

廊下の電灯が次々に弾け飛ぶ。

御厨の遠隔操作によって、館内の電気回路に過剰な電流が流れているのだ。

ついに火の手が上がって火災報知機が鳴り始めた。

作業に熱中する御厨の目は、不気味に血走っている。

「なんだ⁉」

大使館の幹部・陳部長の部屋で機器類がショートした。

「陳部長！」

眼鏡をかけた有能な秘書のローズが飛び込んでくる。

「なんだ、いったい⁉」

「早くここを出てください‼」

ほかのスタッフも消火器を抱えて入ってきた。

「いったん退避しましょう」

あちこちで悲鳴があがり、煙の広がった館内はパニック状態に陥っている。

「火事だ〜〜‼」

高座たちのいる地下牢にも、中国語の叫び声が聞こえてきた。


消防車が大使館に到着した。

建物から、大使館のスタッフたちが続々と避難してくる。

「行くぞ！」

まだ館内に残っている人々を救出するため、防火服をつけた消防隊員たちが建物の中へ走っていく。

と、門の脇から二人の隊員がこそこそと中に入ってきた。

消防隊員になりすました御厨と野々村である。

御厨がスマホを出し、ＧＰＳ画面で位置を確認する。高座は地下2階にいるようだ。

「こっちです」

御厨が指さし、小走りでそちらへ向かう。

「ひーひー」

緊張のせいか、心臓機能の異常か、野々村はすでに息が上がっている。


火災では、火よりも煙の広がるスピードのほうが圧倒的に早い。

煙がもうもうと立ち込める中、消防隊員たちが鼻と口をハンカチやタオルで覆うよう指示しながら人々を出口に誘導していく。

火を消し止めたブブゼラビキニーズは、まだ控室に残っていた。

「やーんチョロ毛焦げた！」

「やーん通帳焦げた！」

「ブラジャー焦げた！」

「私たちもこの際逃げちゃう？」

肌身離さずビキニに挟んである預金通帳には、数年は遊んで暮らせる多額の報酬が入っている。

「だったら、このままハワイに逃げちゃう？」

「えー鳥取県の？」

「アホか。アメリカのハワイや」

「いいねー。レアレアー。アロハ〜」

ブブブー。ブブゼラを吹き、ブブゼラビキニーズは常夏の島へ。ハワイへ行く前に銀行に寄っていったほうがよかったのではないか。

「あの子たち、自由ね〜」

牢番をしていた敏子が言った。

「知るか」と高座。

「じゃ、私も逃げますよ。ばいなら」

あぜ道カットでおなじみの斎藤清六大先生のギャグを勝手に借用し、とっとと逃げていく。

「——どいつもこいつもファックだ！」

高座が吐き捨てる。

「言い方！」

板谷が叱責する。

「俺たちはここで焼け死ぬのか……あああ〜」

古暮が泣き崩れる。

「泣くな！」

板谷が叱咤する。

「ファック！」

「言い方！」

「ああああ〜」

「泣くな！」

「ファックファック！」

「言い方言い方！」

「あああああ〜」

「泣くなー！」

牢の中もパニックになりつつあった。


一方、銃を構えた御厨は、ＧＰＳを道案内に野々村と1階の廊下を進んでいた。

火災の煙が下降して視界を遮りつつある。

「ヒーヒー」

息苦しくなったらしく、野々村はとうとう座り込んでしまった。

「ここで待っててください」

御厨は近くの窓を開けて外気を入れ、野々村を置いて地下室へ続く階段を下りていく。すると中国人の警備員が二人、下から駆け上がってきた。

さっと銃を後ろに隠す。

「タァオパァオ（逃げて）」

中国語で声をかけ、うまくやり過ごした。

地下牢にも徐々に煙が入ってきた。このままでは男三人、蒸し焼きだ。

高座は鉄格子を足で蹴ったり体ごとぶつかったりしてみたが、日本製なのかビクともしない。

「出せ！　どうなってるんだ⁉　出しやがれ！」

中国語で叫んでいるのは板谷だ。

「中国語……しゃべれるんですね」

逆に冷静になる古暮。

「ビーツェイ（黙れ）！」

そこへ、女の声が飛び込んできた。

「どこだ⁉　高座さん！」

「御厨‼　ここだ」

防火ヘルメットをかぶり、消防隊員の格好をした御厨が駆けてきた。

「高座さん、離れて」

銃を構え、鉄格子の錠に狙いを定めて撃ち込む——が、この至近距離で弾を外す。

「ちゃんと目開けて狙え」

高座に言われて左目を剝き、今度は命中させた。錠が壊れ、牢の中から高座が出てくる。

「よし、次は隣りだ」

「離れて！」

再び銃弾を撃ち込むも、見当違いの場所に当たって跳ね返った弾が高座に当たりそうになる。

「アブネー！」

御厨はあごを反らして左目を大きく剝き、もう一発ぶち込んだ。

錠が壊れた扉を開け、中に入っていく。板谷と古暮は鎖の手錠で繫がれていた。

「壁に張りついて！」

板谷に銃を向け、左目を剝き大きく口を開けてバン！

「痛い！」

古暮に銃を向け、左目を剝き大きく口を開けてバン！

「痛い！」

鎖に繫がれてなくてよかった……ホッとする高座であった。

「急いで！」

御厨を先頭に、紐を解いて手が自由になった高座、板谷と古暮が続く。

長く拘束されていたため、板谷と古暮は体力が落ちているようだ。

「大丈夫っすか？」

高座が気遣う。

「俺は大丈夫だ」と板谷。

「俺は30歳ぐらい歳喰われちゃったけど、まだなんとか」

しかし古暮は階段を上る膝がガクガクして、いかにもつらそうだ。

「膝が……膝が……誰かコンドロイチンくれ。誰か歳戻して……」

「いいから動け！」

板谷が励ます。

「もう少しです」

御厨が来た道を戻っていく。優秀な日本の消防隊のおかげで火は広がっていないよ

「今はダメだ」

「……いくじなし!!」

彼女が腹を立てて戻っていく。

陳部長はクッと唇を噛んだ。ローズへの愛と自分の人生を天びんにかけたのがバレてしまったに違いない。少し後悔した。

15

板谷は、あと28年ローンが残っているマイホームを見上げた。

狭いながらも、楽しい我が家。自分にとって世界中のどこよりも温かく、愛しい場所だ。

玄関のチャイムを押すと、すぐにドアから愛娘が顔を出した。

「パパだ！」

続いて妻が出てくる。

「あなた、おかえりなさい」

どれほど心配していただろうか、顔いっぱいに安堵が浮かんでいる。

「パパおかえり！　毎日パパのこと日記に書いてたの」

娘が飛びついてきて、可愛いことを言う。

「そっか。ごめんな」

「あなた、すっかり……」

傷だらけでボロボロになった夫を見て、万感の思いが込み上げたのだろう。しかし妻は涙と一緒にそれを呑み込み、にっこり微笑んだ。

「枝豆と納豆と湯豆腐と湯葉のお風呂、用意しますね」

生きて帰ってきてくれただけでいい――刑事の妻とはそういうものだ。

「オムライスー！」

娘が元気よく自分の大好物を母親に催促する。

「はいはい」

板谷が妻と娘と三人、寄り添うようにして家に入っていく。

「ただいま。帰ってきたよ……」

平穏な日常という幸福が、そこにはあった。


その光景を、車で板谷を送ってきたトクムの三人が遠目に見守っていた。

お疲れ様でした――高座が板谷に向かって敬礼する。

「命より大事な仕事なんて、やっぱりないのかもしれないね」

いつになく真面目な口調で野々村が言った。

御厨は何も答えず、遠くを見るようなまなざしをしている。

「いや。命をかけても護る価値のあるものは、絶対にあると、自分は信じます」

高座が答えた。

それでも御厨は何も言わず、心なし目を伏せる。

「若いね。私は、そんな価値あるものに出会ったことはないが……」

「この国の未来は、命をかけても護る価値があると、自分は信じたいです。係長は違うのですか？」

「……その問いには、いずれ答えねばなるまいね」

野々村の表情がどこか悲しげなのは、気のせいだろうか。

と、御厨が口を開いた。

「……腹減りましたね。朝牛しますか？」

「朝牛⁉　牛丼⁉　すき家⁉　行こう行こう」

すぐに野々村が乗っかる。

「え？」

朝から牛丼食うのかよ。だが二人はもう車に向かっている。

「あたし生卵ダブルで」

「高座くん、行くよ！」

「若い。俺は胃もたれが……」

胃をさすりつつ車に乗り込む。どうも餃子を食べた夜から異物感が拭えない。

「高座さんは年喰われましたからね。お気の毒」

嫌なことを思い出させる……高座がムッとする。

が、胃もたれはもちろん年齢のせいではない。

高座の牛丼にどうやって便秘薬を仕込もうか、思案する御厨であった。

16

ロウソクの炎に照らされながら、大小さまざまな地獄達磨が魔法陣のように並べられている。

ガスッ。

真ん中の達磨に、鉈が振り下ろされた。

「必要以上に進化し続けることは、誰にも許されない。それでも進化するならば、それは、すでに病なのである」

ニノマエイトは鉈を垂直に持ち、達磨の脳天に突き下ろした。

「でも、誰も治療しようとしない」

再び柄を持ち直し、脳天の割れた達磨にこれでもかと鉈を振り下ろす。

「バベルの塔から、誰も何も学ばなかったな」

その時、背後に気配を感じてイトは振り返った。

「……誰だてめぇ」

胸に白達磨を抱えた、白い服の誰かが立っていた。

17

「係長！　だっておかしいでしょ!!　本来なら、逆に手厚い人事をすべきです」

高座の野々村に抗議する声で、御厨は目を覚ました。

「わかるよ。すご――――くわかる」

「だったら！」

心底腹を立てているようだが、安眠妨害も甚だしい。

「だって僕が出した人事じゃないし」

出た。野々村忍法自己保身の術。

「わかってますよ!!　そんなこと!!」

声がでけえんだよ万年寝ぐせ男！

「あー！　しずねぇ、しずねぇ（うるせえ、うるせえ）」

御厨は鯛焼きの掻い巻きから出て、ロフトの窓から下のフロアに向けて怒鳴った。

「寝てられないっちゃーー！」

助走をつけ、「とお！」と窓からポールに飛びついて滑り下りる。

「着地！」

一瞬決まったと思ったが、よろけて業務用のゴミ箱に激突し腰をしたたか打ってしまった。くそう。また着地失敗だ。

「イテテ……」

痛みに顔をしかめながら二人のところへ歩いていく。

「なんだそれ」

高座には御厨の行動すべてが謎である。

「また仕事場に泊まったの？」

野々村が呆れて言った。トクムのあのロフトは、御厨のねぐらになりつつある。

「どしたんすか？」

御厨が訊くと、高座が黙って手に持っていた紙を突き出した。

見ると、板谷の人事異動通知書である。

現職の警視庁公安部内部調査室から、鮫洲運転免許試験場へ――。

「板谷さん……」

御厨の脳裏に、使命感に燃えている板谷の顔がよぎる。

「……公安のネズミ業務から、陽の当たる部署にご栄転じゃないすか」

自分のデスクに座りながら、御厨はあえて軽く言った。

「ざけんな！　板谷先輩は、頭の先から足の爪の先まで、公安の刑事なんだ！」

御厨と野々村が「爪先？」と同時にツッコむ。

「それを、一度拉致られたからって……生きがいだった刑事の仕事を一生奪うなんて」

やり切れないように、高座はどかっと椅子に座った。

だが、ベタベタした同情は御厨の性に合わないし、高座と一緒に憤ったところでなんにもならない。

「一度敵に拉致られた刑事は、相手側に寝返っている可能性がある。また恐怖がトラウマになっていたり、洗脳されていたりするリスクがあるから、最前線の仕事から一生外される。明文化されてないけど、日本の警察組織の中では、常識のことでしょう」

高座を納得させるつもりが、かえって逆効果だったようだ。

「板谷先輩をなめんな！　国を裏切ることは絶対ないし、トラウマも洗脳も絶対ない！」

高座が椅子を蹴って立ち上がった。その勢いに御厨が思わず目をつぶる。

困ったな、というように野々村が頭を掻いた。

しかし大声を出して冷静になったのか、高座は力なく椅子に腰を下ろした。

「……すまん。関係ないお前に怒鳴って悪かった」

「いえ。気持ちはわかります」

「俺だって、ルールはルールとしてわかってる。だが、この人事は、板谷先輩の尊厳に関わる。板谷先輩の人格を杓子定規に疑ってる、警察組織自体が許せねえ」

怒りのやり場がなくて机を叩く。

「まあ、高座さんもクビになったくらいっすから。あの組織は組織で、根深い矛盾を抱えてんすよ」

「――悔しいよ」

ぽつんと呟き、うなだれた高座を見て、野々村が静かに語り始めた。

「私の兄もね。刑事としての大義に生き、大義に殉じた。最期は奇妙なスペックを持つ者たちに殺されて、殉職扱いにはならなかったがね」

あの時は野々村も、今の高座と同じような義憤に駆られたものだ。

「葬儀はね、小さい葬儀場に、三千人を超える人たちがお別れにきてくれてね。ああ、兄は一生ただの刑事だったが、伝わる人には伝わってると、思えたよ」

高座も御厨も、じっと耳を傾けている。

「人間の価値は、そんな紙切れ一枚で決まるものじゃない。組織が決めるものでもない。常日頃の生き様を目撃している仲間たちが、その価値を知っている。時が、きちんとそれを証明する」

実感を伴ったその言葉は、高座の胸に響いた。

「板谷先輩の生き様を一番よく知っているのは、きみじゃないか。そのきみが、こんな紙切れに動揺してどうする」

野々村が高座のそばに立つ。

高座は立ち上がって、野々村と向かい合った。

「……おっしゃるとおりです。取り乱してすみませんでした」

そうだ。どこで何をしていようと、板谷先輩は板谷先輩。その本質は変わらない。

「ま、取り乱すのも若さだね」

野々村が笑いながら、ポンポンと高座の肩を叩く。

年の功というだけではない、人としての深さを野々村に感じる。やはり総理大臣直轄の日本のＣＩＡと言われる部署の一部を任されるだけある人物だ。

高座は改めて野々村を見直した。

「みぞおちがピリムカするんで便所行ってきます」

御厨が胃のあたりを押さえながら、デスクを離れていった。鯛焼きの食い過ぎで胸焼けでもしたのだろうか。

と、野々村の内ポケットでスマホが鳴りだした。着信画面を見た野々村が、「ひい！」と情けない叫び声をあげる。

電話の相手は、『雅（妻）の顧問弁護士』。妻の次に怖い存在である。

「はい！　内容証明の件。はい、至急ですね……ああ、柿ピーが！」

デスクに戻った野々村が、柿ピーの瓶を倒してぶちまけた。

さっきかましていた余裕はどこ行った。取り乱すのは若さじゃなかったのか。

「いや書きかけじゃ……柿ピーをね。いえ、お送りするのは書類なんです。いったん柿ピー忘れていただいて……」

18

同じ頃、アジアの某超大国の大使館では、ある取り引きが行われていた。

「イー、アー、サン、スー、ウー（1、2、3、4、5）」

陳部長の部屋の応接テーブルに、秘書のローズが百万の札束を積み上げていった。

「おー」

取り引き相手がさっそく札束を手に取る。派手な服装とは裏腹の貧相な顔、かつ軽薄そうな男だ。

「とりあえず、これは契約金です」

陳部長が言った。流ちょうな日本語である。

「いいっすねー」

満足げな男の隣りに座っていた全身ピンク色の女が、「かッちゃん」と腕を摑んだ。

男は笑みを引っ込め、札束をテーブルに戻した。

「夫の才能は、妻の私が申し上げるのもなんですが、唯一無二の才能だと思うんです。世界中でモノマネのショーを開けるぐらい」

男はモノマネ芸人のササミフライこと、中道甲子雄。付き添いのピンク女は、最近結婚したばかりの元・場末のキャバ嬢の琴美である。

「……これでは足りないとおっしゃる」

陳部長がやや口を曲げた。

「全ッ然、足りません。タケが違いますわ」と琴美。

「ケタじゃね？」

そこは芸人、ツッコミが早い。

「かッちゃん。この人の顔マネしてあげて」

琴美が陳部長を指さした。

甲子雄はもったいぶった仕草で立ち上がり、陳部長に向かって手をユラユラさせると、「ポウ！」と叫んで自分の顔をジャンジャカジャンジャカいじっていく。

「パアー！」

甲子雄の手が離れた。その顔は、寸分違わぬ陳部長のそれである。

本物の陳部長と愛人部下、部屋の隅に立っている警護の者たちは皆、目を丸くした。

「アイヤー……アイヤヤヤヤヤ！　これは私だ」

興奮して立ち上がった陳部長は中国語で呟くと、琴美のほうを向いた。

「これはすごい」

「でしょ？」と誇らしげな琴美。夫のこの才能がやっと認められる。2週間前に知り合ったばっかりだけど。

甲子雄は顔は変えられても、ほかのモノマネはお世辞にも上手いとは言えない。というか全然似てない。むしろ別人だ。これほどの才能を持ちながら40過ぎてもまったく売れないのは、そういう訳なのだ。

「ついては、お願いごとが」

本題に入った陳部長に、「条件次第ですやん」と琴美は強気である。

陳部長の顔で「なんすか？」と甲子雄が訊く。

「とある人物を、始末してもらいたい。人物というか、人物たちというか」

ゆっくりと、陳部長は言った。

「始末？　殺すってことっすか？……まさか」

「そのまさかだ」

冗談ではない証拠に、最後は中国語で締めくくった。

19

入江総理が、眉間にしわを寄せた難しい顔で執務室に入ってきた。

第一秘書の長谷部があとに続き、バタンとドアを閉める。

廊下では屈強なSPたちが警護しているが、部屋にいるのは二人だけだ。それでも入江は、すぐそばの長谷部に声を潜めた。

「……ホリックが消えた、だと」

「はい……消えました。申し訳ありません」

「厳重に封印していたはずではなかったのか」

荒立てはしないが、声に激しい叱責の響きがある。

「もちろんです。ただ、何者かによって中身がすり替えられていました」

「誰が持ち出したんだ。まさか、外国に持ち出されたのでは」

「可能性としては捨てきれません」

「あれが誰かに利用されると……今度こそ、世界は破滅する」

日本国政府の長の顔に、濃い焦燥と憂色が浮かんだ。


「ホリックって……なに？」

執務室続きの衣装部屋に、第二秘書の山城彩香が潜んでいた。

壁に盗聴器を当てている。入江と長谷部の密談を盗み聞きしていたのだ。

秘書官は常に総理に影のごとく付き従い、総理の命を受けて内政・外交にも関わったりする。しかし長谷部が上にいる限り、こうでもしないと自分はただのお飾りで終わってしまう。

「すっごく面白くなってきたんですけど……」

彩香の口元に野心的な笑みが浮かんだ。

20

今日一日これといった動きはなく、トクムでは平穏な夜を迎えていた。

「すまんね。先日の救出作戦の資料、出せって言われたけど、僕にはわからないところが多くて」

御厨のデスクの脇に立って野々村は申し訳なさそうにしているが、御厨にとっては造作もないことだ。

「大丈夫です。あと30分でできちゃいます」

心なしか元気がないが、パソコンに向かい、カタカタカタカタと経緯を綴っていく。

『古暮氏は某超大国が特殊能力：スペックを有用と認めたため、スペックホルダーとその機能の有用性と危険性における費用対効果、またはリスクに対しての見識を主に置いた某超大国の意嚮と、そのエビデンスを調査中であった。

某超大国が行っている研究、および措置の決定に至る検討内容、評価、存意に重点を置いた某国内での肯定派と否定派の割合と主張、その両派の気勢、肯定派への助力者と、否定派への助力者の金銭的または権力的パワーバランスも合わせて調査内容の考察もととすることを慮る』

野々村の脳が老いたせいだろうか。内容がまったく入ってこない。

『某超大国が研究・試行しているすぺっくほるだーは……』

御厨が急に咳き込んだ。嫌な感じの咳だ。

「大丈夫か」

自分の席で愛読書を読んでいた高座が声をかけたが、御厨は答えず作業に戻った。

『スペックホルダーに対する人体実験とデザイナーズベイビーの実績と進捗について、早急に調査を遂行する須要があり、こぐれしは……』

無言で文章を打ち続ける御厨を、野々村が気遣う。

「今日は遅いから、明日続きを……」

「大丈夫です」

答えた先から、また咳き込み始めた。体が揺れるような、ひどい咳だ。なかなか治まらず、背中を丸めて口元を両手で覆う。

「……え？」

顔を上げた御厨は目をみはった。

手に血がついている。

「御厨くん⁉」

野々村は仰天した。渇きを癒したあとの吸血鬼のように、口の周りが血だらけだ。

高座が「ウェス、ウェスウェス」と慌ててポケットから布切れを出す。

御厨は立ち上がって二、三歩ふらふらと歩き、ガクンと床に膝をつくと、また血を吐き出した。

「ウエッ」

大量の血が床に飛び散る。

「御厨くん！」

御厨はそのまま前のめりに倒れ、意識を失ってしまった。

21

「精神的ストレスによる急性胃潰瘍？」

ここは、聖烏賊歯科医科大学付属記念病院。深夜の診察室で、野々村は御厨を診てくれた医師から説明を受けていた。

「はい。相当なストレスで急激に胃に大きな炎症……というか裂傷を生じていますね」

美人の女医さんが桃を食べつつ、胃カメラの画像を指す。

デスク周りが桃の写真やグッズで埋め尽くされていて、モニターに映る胃の内部が果肉にも見え、やけにシュールだ。

「胃の炎症のお薬をお出ししますが、併せて精神神経科にも通われたほうがいいですね。でないと、またすぐ再発しますよ。胃以外にもいろいろ、不調をきたしてると思います」

思い当たることでもあるのか、野々村は表情を曇らせた。

「これ診断書ね」

ピーチ女医から受け取った診断書に目を通す。加療のため1週間の入院治療を要する、手術の要否は経過により判断――とある。

「食べます？　桃。いらねえか」

「……先生」

野々村の目の奥に狡猾(こうかつ)そうな色が浮かぶ。

「ももは相談、いや、ものは相談ですがねぇ」

上着の内側から、札束を少しだけ出してちらつかせる。

「そのようなことは禁止です」

ピーチ女医はきっぱりと言い、札束をサッと奪い取った。

うわあ。二枚舌えげつな。

「あの……領収書」

いちおう言ってみた。

病室の御厨には、高座が付き添っていた。

今はまだ眠っているが、顔色はよくない。大したことがなければいいが――。

「……いててて……」

御厨が目を覚まし、胃を押さえながら起き上がった。

「いやあ。昨日、飲み過ぎちゃって胃が……」

見え透いた嘘だ。

「無理するな。もう少しゆっくりしてたほうがいい」

「いや……十分、寝ました」

布団をのけ、痛みに顔をしかめながらベッドから下りようとする。

「ちょちょちょ、明らかに無理だって」

高座が止めようとしていると、「御厨くん」と野々村が入ってきた。

「係長からもなんとか言ってやってください」

「ああ……うん。なんとね、たいしたことないそうだ。はい。これが診断書」と手に持っていた紙をベッドの上に置く。

「即刻退院してよし、だって」

「なっ!?」

高座は耳を疑った。あれだけ血を吐いて、即刻退院などありえない。

「でしょ。大騒ぎしすぎなんだって」

御厨は立ち上がってベッドサイドの生体情報モニターに繋(つな)がっているコードをぶち引き抜くと、自分の荷物と靴を抱えて病室を出ていった。

　高座がベッドに置いたままの診断書を手に取る。

　病名は急性胃腸炎で、「直前のコーラ、赤ワイン、梅干しの異常摂取により吐瀉物を吐血と誤認」と書いてある。んなわけあるかあ！

「係長。これ、また偽造だろ‼」

「偽造？　これはこれは異なことを」

　と言うわりに目を逸らす。後ろ暗い証拠だ。

「あんた、自分の部下を殺す気か」

　高座に正面から切り込まれて、野々村はあきらかに動揺した。

「図星か。あんた最低だな。自分の部下を守ってやれねえ男はクズ中のクズだ。えっ、どうなんだ」

　さらに詰め寄ると、野々村は息を吸い込み、またいつものように笑いながら高座を振り返った。

「これはね、本人の希望なんだ」

「え？」

「前回入院した時にね、御厨くんから、強ーく言われていてね……」

　それは、２ヵ月前のことだ。

　御厨はベッドの柵に寄りかかり、点滴を受けながら苦しそうな息で言った。

「今度、私が倒れても、絶対に、入院させないでください」

「いや、だってそんな訳にはいかないよ。若い女性は、とくにいろいろ将来があるからね」

「間に合わなくなると思うんです！　何もかもが……」

「──きみには見えるんだね。未来が」

「未来が見える訳ではないですが、今この現在をきっちり護りきらないと、いろんなパワーバランスが崩れていく。その悪意は、痛烈に感じます」

「悪意？」

「そう。悪意。外国はもちろん、自衛隊という名の軍隊、警察、公権力、旧選民層の人々……」

「大きな話だね……。だが、歴史の流れは大河の如しと言ってね。人、一人の力でなんとかなるというのは、独善と言えなくもないよ」

「ちょんてろ！　ちょんてろ！　ちょんてらいん‼　(うっせえ)」

鬼気迫る様子に、野々村は息を呑んだ。

「独善上等っす！『たった一人の力は小さい。だが大きな歴史は、たった一人の人間の覚悟から始まる』……そう言いますからね」

「誰の言葉？」

「私が心から尊敬する、ある女性の言葉です」

「…………」

「今んところ、スペックを持つ人間はまだまだ少数。その中でも悪意や野心を持つ者は、ほんの一握り。私たちのレベルでそいつらの犯罪を抑えられているかぎり、大規模な魔女狩りも、人類の優劣格差も出てこない。でも、スペック系の犯罪の事件がたった一つでも世に出た瞬間——戦争が起こる」

荒い息で語られる予測に、野々村は震撼(しんかん)した。

「そうなる前に、なんとかして阻止しないと……」

ううう……御厨が苦悶(くもん)の表情で呻(うめ)いた。激痛のためにもう体を起こしてもいられず、胃を押さえてベッドに倒れ込む。

「わ、わかった。わかったから、今は休もう」

野々村がベッドに駆け寄って布団をかけてやる。

その腕を、御厨がガシッと摑(つか)んだ。病人とは思えない、指が食い込むほど強い力だ。

「約束ですよ。係長。約束……」

繰り返しながら、御厨は意識を失った。

彼女の望みを受け入れるべきか否か、野々村は激しく葛藤(かっとう)した。しかし一人の人間のここまでの覚悟を、どうして無視できよう。

野々村は、自分の腕からそっと御厨の手を外した——。

「回想、あけましたよ」

高座に声をかけられてハッと我に返る。

「……と、いう訳なんだよ」

話を締めくくった野々村に頷き、高座もふと思い出した。

板谷を家に送り届けた時のことだ。

「命より大事な仕事なんて、やっぱりないのかもしれないね」

そんな野々村の言葉に、御厨は何も答えず、ただ遠くを見ていた——。


「……あのー」

「は」

「回想あけたよ」

野々村の声で現実に戻る。

「……あいつは、命懸けてるんすね。ガチで戦争を一人で阻止するつもりなんだ」

女だてらに、あんな細っこい体で……高座は、フッと笑みを漏らした。

「バッカじゃねえの」

病室を出ると、御厨は廊下で私服に着替え、不器用に靴の紐を結んでいた。

脱いだ病衣はそこに置きっぱなしで、鞄を肩にかけて出口へと歩いていく。

その背中は小さいけれど凛然として、何物をも恐れない。

「一人でカッコつけてんじゃねえ。俺だって、命捨てる覚悟決めてんだよ」

高座の覚悟も、腹のど真ン中にどんと据わっている。

そんな高座を見て、野々村が笑いながら肩を叩く。

「……行こうか！」

「うりゃあーー」

病院だということを忘れて気合いを入れる高座。

「ちょ、静かに!!」

御厨を追い、二人は出口に向かった。

22

あの人にたくさん食べてもらわなくちゃ。

敏子はスキップしながら、和風の立派な一軒家に入っていった。

「ただいま」

襖を開け、和室に入る。畳の上に敷いた布団に、鼻に酸素吸入チューブをつけた老人が横たわっていた。

「あなた。活きのいい寿命が手に入ったわよ」

枕元に座り、両手を前に出す。その上に寿命箱がヴォン、と現れた。

箱の中には、寿命せんべいが三百枚ほど。

「これを食べて、寿命を延ばして……あーん」

敏子が一枚つまんで、老人の口元に持っていく。

老人は枯れ木のように細くなった手で、敏子の手を払いのけた。その拍子に寿命箱が倒れ、中の寿命せんべいがバラバラと畳に散らばった。

敏子は呆然となる。

「……なにすんの」

「浅ましい」

敏子の夫は目を閉じたまま、静かだが撥ねつけるように言った。

人様の寿命を喰らってまで長生きしようとは思わない。

見た目は美魔女だが、ここにいるのは、容色の衰えを恐れて時を止めてしまった96歳の化け物だ。

共白髪まで添い遂げようと誓った妻は、もうどこにもいない……。

23

業務用の寸胴鍋の中で、ニンニクや生姜やネギがグツグツと煮立っている。

「おおおおおお」

大きな木べらを両手に持ち、ニヤニヤ笑いながら鍋の中を掻き回しているのは御厨だ。アイパッチをつけ、本日も定番のでろんとした黒衣装のその姿は、グリム童話の魔女をはるかに凌ぐ不気味さである。

そこへ、野々村と高座が出勤してきた。

「おはよー。おはよー。おはようスタジオはテレビ東京なんつって。う。なんだ。この臭いは」

吐き気を催すような臭気に、野々村が階段の途中で足を止めた。

「これは、屍体の臭い……」

部屋のどこかにホトケが⁉　高座が周囲を見回す。

「おはようございます」

ガスコンロを置いたステンレスの調理台から、御厨がニヤニヤしている。

この屍臭は、御厨が掻き回している魔女鍋からだ！

「何やってる⁉　この屍体の臭いは！」

高座がズカズカと大股で近寄っていく。

「昨日、ラーメン二浪・京大百万遍店店長の蒔田さんに、豚骨豚の耳ラーメンの作り方を学んだんで、実作中です」

傍らに用意してあった豚の耳を嬉しそうに掲げてみせる。

インスタにアップするつもりか？　#魔女飯か？　#インスタ萎えか？

ホワイトボードには、劇画タッチの豚の絵と作り方が書いてある。

「なんだ。豚骨豚の耳ラーメンの臭いだったのか。屍体かと思ったよ……って、ここは仕事場だよ！　オフィスだよ‼」

朝っぱらからノリツッコミするジイさん。

「わかってますって。もうすぐ美味しい豚骨豚の耳ラーメンができますから、いい子にして待っててください」

ぽーんと豚の耳を投入する御厨。

「ハーイ……じゃないよ！　何時間かかるんだよ」

ノリツッコミ再び。

「39時間です」

「39？　三球照代でございます、サンキュートキオーなんちゃって」

ボケじじいはともかく、この常識と規律と秩序と礼儀と方向感覚と味覚の欠如した女にはもう我慢がならない。

「――うおおおおおおお」

高座は寸胴鍋を持ち上げると、ドアを開けて物置にしてある狭いスペースに鍋ごとスープをぶちまけた。

「ギャー！　なにすんじゃワレー」

「おまえこそ、なに考えてんだ！　ここは内閣情報調査室だぞ。日本トップのインテリジェンス機関だぞ。バカヤロー！」

高座が御厨の肩を摑む。

「ちょすな。ぬっさこの（触るな。この野郎）〜〜〜〜」

豚骨豚の耳ラーメンの恨み。御厨も摑みかかっていく。

「なまってんじゃねぇ。俺節か」

「お前も豚骨にしてやろうか！」

「やってみろオラ！」

「耳よこせー！」

耳をもぎ取ろうとする御厨の手に、高座が嚙みつく。

もはや小学校でも幼稚園でもない、動物園だ。この2匹を世話するのは容易ではない。飼育手当をつけてもらいたいぐらいだ。

「ああ、もう〜〜〜」

　朝っぱらから頭を抱える野々村であった。

24

　都内の一等地にある、広大な日本家屋。

　数寄屋門には『宇宙創造探究之会・インナープラネッツ』という看板が掲げてある。

　その一室では、元教誨師で今はインチキ僧侶の大島優一による説法が行われていた。

「邑瀬帝法貫主は、こうおっしゃいました。『人それぞれに山谷あり。独りで生きなば、山はさらに険しく、谷はさらに深きものとなりて、行く先の障りとなり、共に生きなば、山谷は富める田畑となり、生きる先を豊穣せしむものとなりぬべし』と」

　信者たちは端座し、熱心に説法に聞き入っている。

　その最前列に、ロリータファッションの美魔女——敏子がいた。

「簡単に言うと、人にはそれぞれの長所、短所がある。才能も富もマチマチである。才能や富のある者は多くの場合独り占めしたくなるものではあるが、才能や富以外の短所も必ずあり、それは消えることはなく、未来を阻むばかりである」

講話をする大島の左右には、それぞれ長所と短所を体現する老人たちが座っている。

「一方、才能や富を進んで寄進し、多くの者と共有する者は、短所を誰かに救ってもらい、結果、人生に山谷が減り、平穏で豊かな日々がやってくる、と説いたものでございます」

まるで今の自分に向けられたような言葉ではないか。

「才能……。金……」

神妙な面持ちで呟く敏子に、大島が数珠を繰りながらチラリと目をやる。

「天上天下、すべては邑瀬帝法様のお心によって統められております。それでは皆様、御導きをご一緒に」

大島が左手を向いた。信者たちもそれに倣う。

そこに邑瀬帝法の姿はなく、スクリーンに映るシンボライズされた全知全能の神の目、すなわち邑瀬帝法の目が、信者たちを見つめている。

その前にはロウソクと香炉、透明のものと青い水晶が飾られた祭壇が設えてある。

「水金地火木土天海海〜〜」

大島が両手の人差し指と小指、親指を立てて合わせ、念仏を唱える。独特の礼拝のポーズだ。

「水金地火木土天海海〜〜」

信者たちも同じように手を合わせ、復誦する。

「水金地火木土天海海〜〜」

「水金地火木土天海海〜〜」

敏子は誰よりも熱心に念仏を唱えた。


念仏のワークを終え、信者たちは部屋の掃除に取りかかった。

その中で、新しく入信した敏子は、特別に大島と話をする機会を得た。

「私、今まで、自分の才能を如何に高く買い取ってもらえるかしか考えておりませず、今日の先生の講話を伺い、全身、恥じ入りましてございます」

目が覚めたような思いで、敏子は畳に額をこすりつけた。

「いえいえ。すべては、邑瀬帝法先生の御導き。そもそも、煩悩は誰にでも備わっているもの。1日も早い気付きに私の講話が役立ったとしたら、それこそ、私にとりましても新たな導きとなることでしょう。有難や有難や。水金地火木土天海海〜」

大島が手を合わせて唱えるや、掃除をしていた信者たちもいっせいに「水金地火木土天海海〜」とリピートする。

「再挑戦！」

大島の厳しい指導が飛び、信者たちは慌てて掃除に戻った。

「私！……少し、お恥ずかしいのですが……」

ちょっとためらったあと、敏子は思いきって口に出した。

「スペックという、妙な才能を持て余しておりまして。このスペックと、私の持っているすべての財産を、この教えに寄進したいと考えております」

敏子は大島に両手を差し出した。最愛の夫との平穏な日々が戻ってくるなら、スペックも財産もいらない。

何しろ元々の中身は100歳近いバアさんである。雰囲気に惑わされて高額の健康器具や高級羽毛布団を買わされる、老人相手の催眠商法に引っかかったようなものだ。

しかし、このインナープラネッツは、そこらのチンケな悪徳業者ではない。

大島は座っていた丸椅子から下り、敏子の前に端座して向かい合った。

「とても嬉しいお申し出ですが、いま一度、よくお考えになってからでもよろしいのではないでしょうか。お金は大切なものですし、私どもの考えと玉森さんの考えとが本当に一致しているのかどうか、まだ、入信なさって日も浅いことですし……」

敏子はますます感激した。

「すみません！　生意気なことを申しまして。今、今、今、今一度よく考えてみます。が、私のような卑しい者をお救いくださいましたこと、深く、深く感謝申し上げます」

感極まってひれ伏す敏子の心に、大島がさらに深く入り込んでいく。

「卑しい？　とんでもない。あなたの能力こそが、宇宙を救うのですよ。さ、お顔をお上げください」

言われるまま泣き顔を上げた敏子に、ダメ押しのひと言。

「あなたは、この宇宙を救うべく現れた、選ばれし人間なのです」

「あ……ありがとうございます」

敏子は涙を流しながら頭を下げた。

「さ、邑瀬帝法先生に、御導きのお礼を捧げましょう」

立ち上がって、大島がスクリーンの目に手を合わせる。

敏子をはじめ、信者たちは再び興奮状態へと誘われていく。

「水金地火木土天海海〜〜」

「水金地火木土天海海〜〜」

「水金地火木土天海海〜〜」

「水金地火木土天海海〜〜」

敏子はハッと目をみひらいた。スクリーンの向こうに影が現れたのだ。

邑瀬帝法貫主のお姿に違いない。

まるで敏子を温かく迎え入れるように、その影はゆっくりと両手を広げた。

ああ、有難や有難や……敏子の頬を滂沱と涙が流れる。

――これでこそ、骨の髄まで吸い尽くせるというもの。

敏子が完全に陥落した気配を察知し、大島は前を向いたままニヤリと笑った。

＊

敏子は油断していた。

生まれ変わったような気分で家に向かっている途中、目出し帽をかぶった黒ずくめの男たちに拉致（らち）されたのである。

「放して！ 放してッ！」

連れてこられたのは、アジアの某超大国の大使館だ。

「放せ！ 放せったら！」

今度は中国語で叫ぶ。なぜ自分がこんな扱いを受けるのか。誰かとカン違いしているのではないか。

しかも、地下室に押し込まれて、壁際に追いやられた敏子に銃を向けてくる。

「こんなことして、あんたたち後悔するよ！ 陳部長は、このこと知ってんの？」

「ハッハハハ」

その陳部長が、ローズを連れてやってきた。

「ニーハオアー（やあ）」

「陳部長！」

助かった！　ホッとして近づいていこうとした敏子を、黒ずくめの男たちが両側から摑んで壁に突き飛ばす。

「最近きみは、新興宗教のインナープラネッツに出入りしているようだね。私たちを裏切って」

ヤバい。陳部長が日本人に対して中国語を使う時は、本気で怒っている時だ。

「う……裏切ってません。それは誤解です。私の能力は、この国にお売りいたしました。その代わりにいただいたお金を寄進しているだけです」

しゃべるほうはあまり得手でない敏子は、日本語で返す。中国語は長いこと使っていなかったから、すっかりさびついているのだ。

「我が国は宗教を基本、認めていない。とくに新興宗教インナープラネッツはあまりにも荒唐無稽。百害あって一利なし。我が国には必要のない宗教。スイ、キンチカモク、ドッテンカイカイカイ……くだらん!!　超くだらん!!」

ただたどしく念仏を唱えた陳部長は、汚らわしいものを口にしたというように嫌悪を露わにして怒鳴った。

「でも……でもスペック以外は、縛られる契約になってないはずです……」

敏子はインナープラネッツ式に手を合わせ、おそるおそる言った。

すると陳部長は不穏に頷き、敏子に近づいてくる。

「インナープラネッツは、スペックホルダーを収集している。つまり我が国と『インナープラネッツ』は、利益相反する団体だ。絶対に許可できない」

「そんな……」

「我が国をとるか、さもなくば死か。好きなほうを選べ」

男たちが敏子に銃を向ける。

敏子はフリーズ状態だ。この国は、敏子の能力を認め、敬意を払ってくれていたのではなかったのか。

陳部長が後ろへ下がっていく。

「死を選ぶんだな。いいだろう」

敏子は目を見開いて硬直したまま、手だけがブルブル震えている。

「撃て‼」

陳部長の合図と同時に、いっせいに銃口が火を吹いた。

「ヒ！」

敏子が短く叫んで顔を伏せる。

「ハッハハハ！」

陣部長の高笑いが地下室に響いた。

「わかったか。これが我々に刃向かうということだ」

敏子の周りを縁取るように、壁に銃弾が撃ち込まれている。

全身の力が抜け、敏子はずるっと床にへたり込んだ。

「二度と我々に逆らうな」

死ぬほどの恐怖を味わった敏子は、息すらするのを忘れていた。

25

お湯が煮立った寸胴鍋(ずんどうなべ)に、鶏(とり)の足がザラザラと投入される。

トクムの魔女は、今度は何を作ろうというのか。

「あれ、高座くんは？」

帰り仕度をした野々村が訊(き)いた。

「今日はプレミアムプラットホームフライデーとかなんとか言って帰りましたよ」

撮り鉄の集会か。

ホワイトボードの豚は、これも劇画タッチの鶏に変わっている。材料をアレンジして鶏白湯(とりパイタン)ラーメンを作るらしい。

「プレミアムフライデーって、まだあったんだっけ。というか、高座くんは早く帰ってもどこか行くところのある男には思えんがね」

元F4に向かってけっこう失礼である。

「おおかた板谷さんのところにでも行ったんじゃないですか。この職場の愚痴でもボヤキに」

「愚痴かぁ。ま、いろいろあるだろうね。ああ、御厨くんもプレミアムフライデーだかFOCUS・Emma・フライデーだか早く帰りなさいよ。休むことも、きみの場合とくに大事な仕事だよ」

「私、ここに住んでますし。てか早く帰ったとして、どこか行くところのある女に見えますか～」

言いながら寸胴鍋を覗き込んで木べらを回す。確かに、その姿から思い浮かぶのは冥界ぐらいだ。

「あの、残業してもいいけど労基署に引っかからないようにね。ま、労基署に労働時間が把握されちゃうインテリジェンス機関ってのもなんだけど。……じゃ。お先」

野々村が帰っていくと、部屋はシンと静まり返り、鍋の煮える音だけが響いてやけに寂しい。

御厨はデスクに戻り、引き出しを開けた。文房具や封筒をのけ、写真を取り出す。

恋人に後ろから抱きしめられて、幸せそうに微笑んでいる女の子。まるでユジンとチュンサンのよう。

たった一枚きり残っている、彼と撮った写真だ。

この時はまだ眼帯もしていない。初めて御厨の右目が赤くなったのは——スペックが発現したのは、1年前、彼とのデートの最中だった。

気づいた時には目は元に戻り、両手が赤い血で染まっていた。

「ヒー！　バケモノ」

血まみれで逃げていく彼の恐怖に慄いた目は、癒えない傷となって記憶に刻まれている。

御厨は写真を卓上シュレッダーの挿入口に差し込んだ。ハンドルを回すと、ガリガリとカッターが写真を刻んでいく。

彼の顔がシュレッダーに飲み込まれる寸前、手を止めた。しかしそれは一瞬のことで、吹っ切るようにまたハンドルを回す。

細い短冊のようになった写真をしばし見つめ、思い出ごとバラバラになるように、御厨はシュレッダーを何度も振った。

＊

御厨の予想どおり、高座は鮫洲の運転免許試験場近くで板谷を待ち伏せ、近くの居酒屋で一杯やっていた。

「これがさ、鮫洲の運転免許試験場はけっこう美人が多いのよ。うちの上と人事部が超〜仲いいらしくてさ。そういうシフトになってんだって」

板谷が楽しそうに話す。

「マジっすか。いいっすねえ」

「いやあ、公安にいた時は年がら年中、男祭りだったけど、この歳になってやっと女運が巡ってきたよ」

うひゃひゃひゃ、と上機嫌で笑う。

「先輩、うらやましいっす」

「三番窓口の子がさ、ＴＷＩＣＥのナヨンにそっくりでさ」

「ＴＷＩＣＥってなんっすか」

「え？　知らねえの？　だっせえな！　勉強しとけよ、お前！　すいませーん、サザエの刺身、白子、オットセイのペニスの壺焼きお願いしまーす」

板谷はよくしゃべり、よく食べ、よく飲んだ。

「モテ期だな、モテ期。クハハハハ〜」

そんな板谷に話を合わせていたものの、高座は今一つ乗り切れなかった。

ほどほどのところで切り上げ、二人は居酒屋を出た。

「あ〜オットセイ効いた〜。帰るだけだから意味なかったな」

じゃあな、と板谷は笑顔で手を上げ、駅の階段に向かっていく。

板谷は少しも酔っていない。酔えるはずがない。その背中は寂しそうで、板谷のつらさが痛いほど伝わってきた。

「前を向いて歩いていこうとされてんすから、も少し景気のいい顔して見送ってあげたらどうです?」

ふいに声をかけられて振り向くと、御厨である。

「お前みたいなガサツな女に、男の気持ちはわからん」

御厨はむしろ恩人なのに、誰かに怒りをぶつけずにはいられなかった。

「まあね」

素直にそう言うと、黙ってそばにいる。

「……すまん。ありがとう」

高座の自分勝手な思いを受け止めてくれた、その優しさが胸に沁みた。

「喉渇いたっすね。もう一杯飲みます？　よかったら、一杯だけつきあってくだせえ」

「つきあってやってもいいが、お前は胃が裂けてんだろ」

何か刺激が少ないもの……ちょっと考えて、思いついた。

「美味いテイルスープの店がある。そこに行かないか」

「いいっすよ」

心なしか、嬉しそうに歩きだす。

御厨という女は潮吹岩のように気性が荒いくせに、時どき妙にオドオドしたり、こんなふうに普通の女の子のような顔を見せたりすることがある。

「ちょちょちょちょちょ。こっち」

反対方向を指さして歩いていく高座に、御厨が背を丸めてちょこちょことついてきた。

「美味いか」

「美味いす」

ここは韓国人の親父さんが一人でやっている屋台で、メインのテイルスープのほかは、キムチなど簡単なサイドメニューがあるだけだ。

「俺は食い物にはこだわらない性質だが、ここだけはよく来るんだ。ほかの奴には拡めるなよ」

「拡めるも何も、知り合い、もうほとんどいないんで」

「……そか」

「そです」

いい機会かもしれない。高座はスープをゴクゴクと飲み干すと、思いきって訊ねた。

「スペックのことだが、訊いていいか」

拉致されたり板谷の異動の件があったり御厨が倒れたりでうやむやになっていたが、ずっと気になっていた。別人のように豹変したあの姿――。

赤い目のオッドアイになった御厨は、空気を自在に操って寿命を喰らう女を切り刻んだ。

あれが御厨のスペックなのだろう。

御厨は一瞬、体をこわばらせたが、「……どぞ」と小さい声で言った。

幸い親父さんは屋台を少し離れて、作業台で料理の仕込みをしている。

「なぜスペックを持ってる」

「なぜって、どういう意味ですか？」

「本当かどうかわからないが……スペックは、その人物の願望が発現するものだと聞いたことがある。願望が募って、進化を遂げたものがスペックなのだと……」

御厨がスプーンを置き、パチパチと拍手する。

「よくご存知で。さすが公安のやり手刑事っすね」

「茶化すな！」

「聞きたいことがあるなら、さっさと本題に入ってください」

またスプーンを手に取って、スープを啜る。

ちょっと間を置いて、高座は口にした。

「お前のスペックは、お前が望んだものなのか？」

御厨の手が止まった。

「……俺には、お前があのスペックを望んだとはどうしても思えない」

「望む訳がねえだろうが！」

カウンターにスプーンを叩きつけ、御厨は手で右目を覆った。

親父さんは気づかないふりをして、葱を刻んでいる。

「……すみません。大声出して」

「こっちこそ、すまなかった」

高座はそう言うと、改まったように背筋を伸ばした。

「これでスッキリした。俺のこれからの生き様が決まった。俺は、お前を護る。お前が人殺しにならないように、お前の望まない、あのクソスペックを封じてやる」

うつむいたままの御厨に、言葉を続ける。

「俺と板谷さんを救ってくれた……、それが俺の恩返しだ」

ややあって、御厨は顔を上げた。高座のほうを見ずにスープのどんぶりを両手で抱え、ぐーっと飲み干す。

飲み干したあともどんぶりを顔から離さないまま、いきなり立ち上がった。

「わッ！」

屋台椅子のバランスが崩れて、高座は転げ落ちそうになった。

御厨は運河のほうへ歩いていく。どんぶりで顔を隠しているが、たぶん泣いているのだろう、小さな肩が小刻みに震えている。

その姿を見ないように背中を向け、高座は手酌でマッコリを飲んだ。

背中合わせでも、心は通じ合っている——そんな絆が芽生え始めていた。

26

とんでもない事件が起きたのは、その数日後のことである。

「え？　え？　なんですと。公安のデータが大量に盗まれた？」

電話に出た野々村が、驚いて声をあげた。

御厨と高座が同時に野々村のほうを見る。

「犯人は？……え⁉」

野々村が思わず高座を見た。

御厨がさっと立ち上がり、野々村の電話のスピーカーボタンを押して受話器を置く。

「先日、公安をクビにされた板谷啓だ。監視モニターに犯行の一部始終が映っていた」

高座が飛んできてスピーカーに怒鳴る。

「な訳ない！　板谷さんにかぎって、警察を裏切るなんて真似は……」

「ちゃんと証拠として残ってるんだ。動かしようのない事実だろうが！」

高座が電話の相手と言い争っている間に、御厨はパソコンで公安部内部調査室のデータベースに侵入していた。

「これが監視カメラの映像です」

高座が駆け寄ってくる。電話を保留にした野々村も来てパソコンを覗き込む。

作業室のドアが開き、妙な踊りをしながら赤い縞々のシャツを着た男が入ってきた。

「踊ってますね……楳図かずおか？」

様子も服装もらしくないが、顔は誰が見ても板谷だ。

「板谷先輩……まさか」

それにしても、こんな貧相な体つきだっただろうか。ストレスで心も体も病んでしまったのか……。

板谷はパソコンを操作し、データを次々とカメラに収めている。

「これは……確かに本人としか」

野々村が呟く。

板谷さん、どうして——高座は強く目をつぶった。

「……なんか変だな」

御厨がふと言った。

「何が？」と野々村。

「高座さん。公安の作業部屋に監視カメラはたくさんあるんですか？」

「作業内容は個人個人によって秘匿性が高いから、監視カメラは必要最小限しかない」

「もし、板谷さんが秘密裡に情報を本気で持ち出そうとするなら、顔をなるべく隠そうとするはずです。なのにこの映像、逆に顔を撮ってもらうために、わざわざこの場所で、わざわざこの動きをしているように見えます」

「なるほど」

言われてみれば、いちいち仕草が大仰でわざとらしい。

野々村が電話に戻っていく。

「お待たせしました」

「待たせすぎだろ！」

「すみません。それで、板谷くんは、今どこに？」

「2時間前に、『自分がやった』という自供の電話を上司の留守電に残して、先ほど、首吊り死体で発見された」

「ええっ！」

衝撃が走った。

板谷が、死――？

御厨がとっさに高座を見上げる。その顔面は蒼白だ。

高座は唇を震わせると、部屋を飛び出していった。

板谷は、警察病院の霊安室に横たわっていた。

信じられない。何か大がかりな冗談のような気さえする。だが、これは厳然たる事実なのだ。

「板谷さん……」

大学のワンダーフォーゲル部時代から面倒見のいい先輩で、尊敬する板谷を追って高座が公安に入った時は、顔をくしゃくしゃにして喜んでくれた。

仕事では厳しかったが、板谷からたくさんのことを学んだ。

熱い志。あきらめない心。何事も恐れず、果敢に挑んでいく精神。

一方で、アイドル好きの、愛妻家の夫で子煩悩な父親でもあった。

だが今はもう、魂のない抜け殻だ。

板谷の亡骸をじっと見つめていると、御厨が駆け込んできた。ゆっくり遺体に近づき、やはり信じられないというような目でその死に顔を見つめる。

「……板谷さんは自殺じゃない。何者かに殺されたんだ」

高座が言うと、御厨は遺体の首筋に走っている引っ掻き傷を指さした。

「首のところに吉川線があります。首にロープを巻かれた時に抵抗したんでしょう」

その場面が浮かび、高座の顔が歪む。

吉川線とは、被害者が抵抗した時にできる傷のことだ。その吉川線が、板谷の首に幾筋もはっきりと残っている。最後まで、板谷は力を振り絞って抵抗したのだ。

「真犯人は板谷さんになりすまし、公安のデータを盗み、すべての罪を板谷さんになすりつけたんです」

御厨の押し殺した声に怒りが宿る。

「どうやってなりすましたんだ」

「犯人は、おそらくスペックを持つ者に違いないと思います。顔を変えるスペックか、カメラのデータを書き換えるスペックか……」

「御厨」

「……なんだ」

「敵は、……敵がいたとしてだ……なぜ、板谷さんが狙われたんだ」

するとと御厨は、板谷の亡骸と高座からつらそうに背を向けた。

「……正直に言えば……私のせいだと思います。私が板谷さんを奪還したから、そのリベンジに、板谷さんをわざわざ使って我々を挑発したんだと」

「――俺も、同じ意見だ」

高座は、再び亡骸に目を落とした。

「板谷さんの命はもう戻らない。だが……だが、板谷さんの汚名だけは必ず雪ぐ！」

それがせめてもの恩返しだ。遺された奥さんと娘さんのためにも、必ず――！

強く握り締めた手の爪が掌の肉を裂き、血がポトポトと霊安室の床を汚す。

「御厨――力を貸してくれ」

そんな高座に、御厨は痛ましそうな、しかし決意のこもったまなざしを向ける。

高座が板谷の亡骸に敬礼した。

御厨も、深々と頭を下げた。

「イー、アー、サン、スー（1、2、3、4）」

陳部長の葉巻をスパスパ吸いながら、甲子雄がテーブルに並んだ札束を数えていく。

「ウー、リゥ、チー（5、6、7）……」

そこで詰まってしまった甲子雄に、応接セットの脇に控えているローズが「バー（8）」と助け船を出した。

「バー！」

続いてジォゥ（9）、シー（10）と教えてやる。

しめて、1000万。最後まで数え終えた甲子雄はスッパと慣れない葉巻をふかし、むせてゲホゲホと咳き込んだ。

「お茶飲む？」

隣りに座っている琴美がバッグから水筒を出したが、甲子雄は無視して陳部長に言った。

「喉渇いとんだわ、シャンパンかなんか飲ませてくれんけ？」

陳部長は軽くため息をつき、ローズに命じた。

「シャンパンを持ってこい」

「グラスは三つで?」

「1個でいい。私は飲まない」

色恋であれ酒であれ、人間から理性を奪うものには手を出さない。我らが陳部長はストイックなのだ。

一方の甲子雄は、完全に調子づいていた。

「俺の才能にかかったら、警視庁だろうが、公安だろうが、文春だろうが、サイゾーだろうが、チョロいもんだって」

「持って帰ってきたデータにロクなものはなかったがな」

陳部長の中国語の嫌味にも、テンション高く返してくる。

「あ。今、なんか俺の皮肉言ったっぽいけど、俺、気にしねえから。ひとまず、お前らが一泡吹かされた連中をボコボコにして、もう一人を首吊り自殺に見せかけて殺したった」

甲子雄は、コートのポケットから出した写真を二枚、テーブルの上に置いた。

血だらけになって転がっている古暮の写真と、木の枝からぶらさがっている板谷の写真だ。

それを見た琴美が、ゾッとした表情になった。データを盗み出しただけではなかったのだ。若い頃は血の気が多く、ケンカで出禁になった飲み屋も一軒や二軒ではないらしいが、まさか人を殺すなんて――。その横顔は、誰か見知らぬ男のようだ。

そこへ、シャンパンのボトルが運ばれてきた。甲子雄が立ち上がって瓶を奪い取り、栓を開けてフランスの有名な高級シャンパンを下品にラッパ飲みする。

大金を手にしてアゲアゲになっているとしか思えない。あるいはキリング・ハイか。

「うめぇかどうかわからんげぇ、でもいい心がけ、って奴だな」

「これはリハーサルだ」

今度は日本語で言い、陳部長は古暮と板谷の写真を床に投げ捨てた。

「本当に処分すべきは、この三人だ」

上着の内ポケットから取り出した写真を一枚一枚、テーブルに置いていく。

若い女にアイスをアーンされてデレているジイさん、大量の食材を詰め込んだスーパーの袋を三つも抱えている眼帯の女、そして周囲をはばかりながら立ちションをしている口ひげの男だ。

「……いくら出す？」

「1億円なら即金で」

「決まりだ」

甲子雄が手を差し出す。その手に、陳部長が銃を握らせた。

さすがのお調子者も、初めて銃を手にして青ざめている。琴美は恐ろしくて震えが止まらない。

陳部長はニヤリと笑い、シャンパンのボトルを手に取ってグラスに注ぐと、銃に当てて乾杯した。

28

「板谷くんの首にかかっていたロープから、指紋が出てきたよ」

野々村がUSBを持って戻ってきた。指紋を残すとは、スペック持ちだろうが、人殺しは素人だったとみえる。

「照合します」

御厨がすばやくそれを受け取ってパソコンに差し込んだ。指紋のデータを読み込み、入国管理局データベースに侵入して指紋を照会する。

すると、あるデータにピタリと符合した。

中道甲子雄、41歳。さらにスペックホルダーリストを呼び出して検索する。

——ビンゴ。

「中道甲子雄。別名・モノマネ芸人ササミフライ」

出てきた写真はおチャラけているが、危険レベルはA。自分の顔を他人の顔に自由に変える能力を持つ。変えられるのは首から上のみ、そのほか身体のパーツに関しては自身のものである、と説明がある。

「顔は自由に変えられても、指紋は変えられない、っつースペックらしいっすね」

こんなふざけた野郎に板谷さんを殺されるなんて——高座が怒りにまかせて手近の配管をバキッともぎ取った。

「スペックだかケベックだか知らねえけど、今すぐぶち殺す！」

「会社壊しちゃダメだよ〜」

野々村はなだめるように言い、急に真顔になった。

「例によってスペックの犯罪は、罪刑法定主義を取るこの国では、法で裁くことは難しい。また、表沙汰（おもてざた）にもできない。とは言え、勝手に処罰するという権利は誰にもない。我々を含めてだ」

「俺は死刑にされてもいいから、板谷さんの仇（かたき）をとります！」

「きみの命を、そんな目先のことに費やしていいのか」

「目先？　目先ってなんですか！　板谷さんは日本大学ワンダーフォーゲル部以来の」

むきになって言い募る高座に、落ち着け、というように野々村が厳しいまなざしを向ける。だが、高座はすっかり頭に血が上っていた。

「……とにかく！　大事な人が殺されたのにヘラヘラ笑って見逃せ、とでも」

タム、タム、タム。

ふいに銃声がして、高座が「グッ」と声をあげて体を折った。

ワイシャツの腹部に3ヵ所、小さな血の染みができている。

御厨が銃で撃ったのだ。

高座は腹を押さえ、よろめいてあちこちにぶつかりながらソファに倒れ込んだ。

「……なんじゃあ……」

手についた腹の血を見て言うと、がくっと事切れた。

「ったぐ、ちょんてろ（まったく、どうしようもねえ）」

御厨はぶつぶつ言いながら銃を黒いデカバッグにしまった。

「乱暴だなあ」と野々村。その口ぶりからすると、こうなることは予想がついていたようだ。

「一時的に気絶させるプラスチック弾ですよ。気絶から覚めないよう、係長お得意の睡眠剤でも打って何日か寝かしといてください」

ありゃ、バレてたか。

「あい、わかった」

そそくさと自分のデスクに戻り、引き出しから注射器を取り出す。

御厨はプリントアウトした甲子雄の資料を無造作にバッグに突っ込み、行き先も告げずに出かけていった。

野々村はソファに行くと、気絶している高座のズボンの裾をめくり、足にペッと唾をかけて注射針を刺した。

「眠れ〜。眠れ〜。クローズ・ユア・アイズ。もう目は閉じているけれど〜きみのまぶた。ぶたぶたこぶた。ブータンは幸せの国〜……」

デタラメな歌とともに、チュー……と睡眠薬が爆入された。

29

「重そうだね。持とうか？」

夜道を歩きながら、琴美が訊いた。

甲子雄が肩にかけているコストコの袋には、報酬の大金が入っている。

「俺の金。お前に持たせとったら、持ち逃げされるかもしれん」

冗談でも笑えなかった。食うや食わずの生活でも文句一つ言わず、甲子雄の才能を信じて支えてきたつもりだったのに……。まだ二週間だけど。

「――ねえ。かッちゃん。私、邪魔？」

「別に。おってもおらんくても同じっしょ」

自分は彼にとってそれほど無意味な存在だったのか。甲子雄の毒舌には慣れっこだが、今日はなぜか胸に突き刺さる。

「……ごめん」

甲子雄はさらにイライラして言葉をぶつけてくる。

「お前さ、返事とか一つ一つが湿っけとんのがヤなんだわ。芸人の女房面すんのやったら、もう少し明るい顔しろよ」

「ごめんなさい……」

「だから！　謝んなっつうの。でらムカつくげ」

道で立ち止まっていると、甲子雄のスマホが鳴った。すぐにポケットから出し、

「もしもーし。モノマネ一筋20年、あなたのおそばに。ササミフライでございまーす」

もはや習性となった、売れない芸人モード全開の低姿勢で電話に出る。

「モノマネ一筋20年だと？　全然一筋じゃねえじゃねえか」

電話の主は、目の前に立ちはだかっていた。ついさっき、陳部長から写真を見せられて説明されたばかりの眼帯の女だ。

甲子雄はスマホをゆっくりした動作で切ると、言った。

「てめえ、みくりやだっけ。病気だらけのポンコツ」

「ビョーキはてめえだろ。このカメレオン野郎」

何を思ったか、甲子雄が袋の中の札束を摑み、御厨のほうへ大きく放り投げた。

予期せぬ展開である。御厨はとっさに、ほとんどの人間がとる行動をとった。すなわち地面に落ちた札束を拾い上げた。鯛焼き何個買えるかな。

その隙を突き、甲子雄がぎこちなく銃を構える。陳部長から渡された銃だ。

それを見て取った御厨は札束をしっかりバッグにしまい、銃を取り出した。

再び予期せぬ展開。甲子雄が琴美の頭に銃を突きつけたのだ。

「一般市民を犠牲にしたくねぇだろう。銃を捨てろ!」

御厨は琴美が甲子雄の妻だということを知らないと判断しての、とっさの思いつきである。

「予想どおり、ゲスの極みだな」

「撃つぞ!」

御厨はしばし躊躇したが、仕方なく銃を置いた。

「ポンコツのわりに物わかりがええ。その銃、蹴ってこっちによこせ」

銃を蹴って甲子雄のほうへ滑らせる。はずが、すぐ横のフェンスにぶつかった。

失敗失敗。トコトコ近づいて拾い、トライ・アゲイン。

今度は、甲子雄の足元へまっすぐ滑っていった。

甲子雄はそれを足で止めると、自分の銃を琴美の頭に当てたまま、しゃがみ込んで銃を拾う。

次の瞬間、甲子雄は琴美を突き飛ばし、逆方向に全速力で駆けだした。

「早く逃げて」

呆然と座り込んでいる琴美に声をかけ、御厨もあとを追った。


近くのショッピングモールのイベントスペースでは、『RUN DHS』という引っ越し業者出身の、異色のラップグループのミニライブが行われていた。

「♪どすこい 引っ越しシャトルだぜ どすこい 引っ越しシャトルだぜ」

そこそこ人気のあるグループなのか、人だかりができていて盛り上がっている。

軽快なラップミュージックが流れる中、甲子雄が観衆の中に紛れ込んでいった。

御厨もやっと追いつき、荒い息をしながら甲子雄の姿を探す。

どこだ。どこだ。奴の目印は——。

「コストコバッグ、コストコバッグ」

どこかに隠したのだろうか。必死で左目を凝らすが見当たらない。

「……顔を変えたか。ごせっぱらやげる（ムカつく）。見つかんねえ。どこだ」

その時、銃声が轟いた。

歌が止み、観衆がざわざわする。

再び銃声がして、今度は御厨の腕を弾がかすめた。

「グッ！」

キャアッと悲鳴があがり、観衆とラップグループのメンバーが蜘蛛の子を散らすように逃げていく。

くそ。どさくさに紛れて逃げやがったか。

「どこにいるんだ!!　ササミフライ野郎〜〜!!」

そこへ、思いがけない人物が駆けつけてきた。

「うおおおお！　俺がいるぞぉ！」

高座だ。琴美を連れている。

「高座さん、薬を打たれたはずじゃ」

「薬打たれたぐらいで一生マックスの勝負時に寝てられっかよ。こっから回想〜〜!!」

1時間前、高座はトクムのソファで奇跡的に目覚めた。

「眠い。劇的に眠い。……しかし、ZZZZZ……」

すぐに激しい眠気が襲ってくるが、鉛のようなまぶたを気合いでこじ開ける。

「ちくしょう。ちくしょう!!　ぐおおおおおおお。ZZZZZ……はっ、だめだ。寝たら負けだあああ」

眠気と気合いをアウフヘーベンするという力業。

「どりゃあ〜〜〜〜〜〜!!」

全身から漲るファイティング魂でソファから跳ね起きる。

「た、高座くん……」

ちょうど部屋に戻ってきた野々村が目を丸くした。少なくとも明日いっぱいは目覚めないはずなのに。

「ZZZ」

静かだと思ったら、白目を剝いて立ち寝している。

「だよねぇ。結構な量の睡眠薬打ったもんね」

しかし、高座は再びカッと目を開けた。

「うあああああああ！　ダメ!!　絶対ダメ!!　薬物禁止〜!!」

動物のように咆哮すると、ぐでんぐでんの千鳥足で自分のデスクに向かう。

「カフェイン最大摂取!!」

一番下の引き出しから、エナジードリンクの入った袋を取り出す。

「徹夜王、一本目！」

ゴクゴクゴク。

「徹夜王、二本目！」

ゴクゴクゴク。

「赤べコエナジー、一本目！」

ゴクゴクゴク、ゴクゴクゴク。

「赤べコエナジー、二本目！」

ゴクゴクゴク、ゴクゴクゴク。

「そしてもう1回！　徹夜王、三本目！」

ゴクゴクゴク。

「夜来なーズ、80錠！」

オロオロしている野々村の前で、最後はカフェイン錠を口の中にザラザラ流し込む。

「死ぬよ。死んじゃうよ」

「良い子は絶対マネしないでね。ｆｒｏｍ　コンプライアンス〜〜!!　ドリャー」

大量のカフェイン摂取による興奮とワンゲル部で培ったストロングスピリットが高座を駆り立てる。というか単にラリっている。

高座はロッカーのドアを破壊してコートを取り、唸(うな)り声をあげながら部屋を出ていった。

Ⓣ特殊任務時はⓀ苦労させるがⓂ無茶するな、がトクムのスローガンなのであるが

……。

「寝ぐせ直してね～」

　仕方なく見送る野々村であった。

「回想あけた」

「誰に言ってんだ」と御厨。その右腕には、先ほど銃弾を受けた時の血痕がついている。

「中道甲子雄、出て来いや～！　出て来ねえと、てめえの女房を撃ち殺すぞ」

　高座が琴美を引き寄せ、銃を上に向けてぶっ放す。

　御厨と琴美が銃声に耳を塞いだ次の瞬間、血まみれの鳩がポトリと空から落ちてきた。

　くるっくー。

　運悪く流れ弾に当たった鳩が、断末魔の声をあげて息絶えた。

　なんの罪もない動物を……御厨と琴美から咎めるような視線を浴びせられた高座は、

「……誰もいなくなったな。てことは中道も逃げたってこったな。こったな～～～!!」

　ごまかそうとして、かなり挙動不審になっている。

「もう1回言う！　てめえの女房……」

銃を向けられた琴美が、「あの人は！」と遮るように言った。

「……私を愛してない。私を人質にとっても無駄よ」

「俺はな、世界で一番大事な先輩を侮辱され、嬲(なぶ)り殺しにされたんだ！　だから、無駄もクソもねえ。お前ら関係者ごと、皆殺しだ！」

怒鳴り散らす高座の後ろで、御厨が苦しそうに背中を屈(かが)めた。

「ざけんな……」

息も荒くなっている。

「ふざけてねぇ！　本気だ。この野郎」

御厨の様子がおかしいことに、高座はまだ気づかない。

「野郎じゃねえっつーの……」

その呟(つぶや)きを最後にガクンガクンと体が激しく揺れ、御厨の体からブワッとオーラが湧き出た。

高座が、やっと異変に気づく。

御厨は両手で顔を覆い、苦悶(くもん)の声をあげている。

ＤＮＡの螺旋(らせん)が動きだす。

ある部分が光を放ち、キュイーンと旋回し始める。

イトは地獄達磨に囲まれて、その様子を見ていた。

「レザボア・ドッグスの輪舞曲。いっそ全員死んじゃえ」

高座に背を向けたまま、御厨が急に動きを止めた。

左手でゆっくり眼帯を外し、両目を開ける。

「御厨!!」

高座の声に、御厨が振り返った。

赤く光る、右目のオッドアイ――!

御厨は開いた両手を顔の前で合わせ、人差し指と親指の間に作った三角形の隙間から赤い目を覗かせた。

空手の型のような動きを見せ、右腕を薙ぎ払うように振る。

次の瞬間、高座と琴美は強風に煽られたように大きく後ろにのけぞった。

「グッ」

「ギャー」

二人の体がバツバツと切り刻まれて、あらゆる箇所から血が噴き出す。

「ククク……」

御厨の赤い唇が楽しそうに歪み、再び右腕を薙ぎ払おうとする。

「やめてぇ！」

琴美が叫んだその時、外国人の男が物陰から飛び出てきた。気配を察して振り向いた御厨に銃を乱射する。

御厨は横向きのまま手のひらを弾に向けた。オーラが体を包み、その圧で弾が上下左右に弾かれていく。

「無駄ダ」

低い、嗄れ声。まったくの別人だ。

「あじゃパー」

驚きのあまり男の顔が甲子雄の顔に戻った。

「この化けもんが！」

甲子雄が慌てて引き金を引くが、すでに弾切れだ。

御厨は右手と左手を次々と横に広げ、その両手を前に持ってきた。気を練り、空気の圧縮玉を作って、ピッチャーのように振りかぶる。

「ムラタチョウジノマサカリ投法」

ショーヘイでもノモでもない。リスペクトを込め、左足を高く上げて、ダイナミックに玉を放った。

的は甲子雄かと思いきや、圧縮玉の向かった先は高座と琴美だ。

「え、こっち？」

とっさに高座が両手を広げ、琴美の前に立ちはだかる。このクソ方向オンチめ。

圧縮玉が到達する寸前、走り込んできた影が高座を突き飛ばした。

バシュ！

血飛沫(ちしぶき)が上がり、腹部に大きな風穴が空く。

琴美の盾になったのは、甲子雄だ。

大きく見開かれたオッドアイの赤い光が、バチンと音を立てて消えた。同時に御厨が膝(ひざ)からくずおれて前に倒れ込む。

「大丈夫か⁉」

高座は声をかけたが、横たわった甲子雄の腹部は深く抉(えぐ)れて、ひと目で致命傷だとわかった。

「かっちゃん‼」

琴美が後ろから甲子雄を抱き起こした。

「かっちゃん‼」

「いって……。おめえがトロくせえからだぞ。バカ」

「ごめんね。ごめん」

高座が横から甲子雄に「しゃべんな！」と声を飛ばした。しゃべるたびにどくどくと血が噴き出すのだ。

しかし甲子雄はすでに死を予感したのか、

「これ、鍵。コインロッカーの……」

血まみれの鍵を琴美に差し出した。

「中にさっきの金、全部入ってる。く……苦労かけたから……。幸せになってくれ」

「かっちゃん……」

琴美の目に涙が溢れる。たった二週間だったけど、夫婦の愛は本物だった。

「バカ……野郎。また湿っけた顔……してんじゃねえよ」

見えていないくせに、苦しげな息で甲子雄はいつもの軽口を叩く。

「ごめん。ごめんかっちゃん」

「笑えよ」

琴美が懸命に笑うと、甲子雄は最後の力を振り絞って少しだけ顔を上げた。

「……やっぱ、ブスは、ブスだな。へへへ」

「ひどい」

そんな二人を見守っていた高座が、スンと鼻をすすった。

「……いろいろ……全部……ありがとう……」

甲子雄は、最期まで笑いながら息を引き取った。

「かっちゃーん!! かっちゃーん!! かっちゃーん!!」

夫の亡骸(なきがら)を抱き締め、琴美が号泣する。

憎い仇(かたき)だったが、二人の愛には高座も涙を禁じえない。

その時、誰かの指がパチンと鳴った。

時間が静止し、

世界が静止する。


地獄達磨(だるま)を膝の上に抱えたニノマエイトが、ショッピングモールの全天候型の屋根の骨組みに座っていた。

「パンドラの箱を開けるのは自分……とは限らない。多くの場合は、他人が自分のパンドラの箱を無理やり開けてしまう。スペックを持つ者は、とくにね」

イトは地獄達磨を脇に置き、親指と人差し指で四角い枠を作って甲子雄と琴美に向けた。

「リバース」

そう言うと右手の人差し指と左手の親指を軸にしてクルンと指を反転させ、今度は縦に四角い枠を作った。

指で囲われた枠の中だけ、時間と運命が巻き戻っていく。

甲子雄の傷が消え、腹に御厨の放った圧縮玉が炸裂する直前で世界が静止した。

地上に現れたイトは、甲子雄と琴美のそばに寄ると、人差し指でそれぞれの頭のてっぺんをグリグリした。

甲子雄と琴美の頭が動いた。

二人の首から上だけを、自分の時間に取り込んだのだ。

「だ、誰だお前！」

イトは答えず、鳩の死骸の横にしゃがんで自分の名前をチョークで書くと、再び二人のそばに戻ってきた。

「あなたのスペックは身を滅ぼすよ。だから、もう使うんじゃねえ。二度と使わないと約束するなら、もう一度だけ、生きるチャンスをあげる」

甲子雄は即座にうなずいた。

「助けてくれ。二度とスペックは使わない。こいつを幸せにしてやりたいんだ」

後ろの琴美を顔だけ振り向く。自分が護らなくてはいけない唯一無二のものは何か、生死の境に立たされてやっと気づいたのだ。

「その言葉、忘れるなよ」

しっかりとうなずく甲子雄。琴美はそんな夫を、瞬きもせず見つめている。

イトが人差し指で体をグリグリする。

二人の肉体がイトの世界に取りこまれ、動きが自由になった。

「できるかぎり遠くへ逃げたほうがいい。でないと、確実に殺される」

誰から？　そんなことは訊かなくてもわかる。

「──わかった。琴美。行こう」

恐ろしいけれど、愛さえあれば乗り越えられる。

「うん！」

甲子雄と琴美は手を繋いで走り去っていった。

「東宝のアオハル映画かよ。まったく、どいつもこいつも」

イトはパチンと指を鳴らし、ウージングアウトした。

同時に世界に再びリアルな時が満ち、高座の時間も動きだした。

「……ん？」

高座はハッとして周囲を見回した。甲子雄と琴美の姿がない。

「なんだ。何が起こってる……」

混乱状態のまま、倒れている御厨に駆け寄って叩き起こす。

「起きろ。おい!!」

御厨がバチッと目覚めて起き上がった。オッドアイじゃない。別人格は消えている。

「……あの夫婦は？」

「お前が――殺したんだ。俺は救えなかった。つーか消えたんだよ」

御厨がもぞもぞと眼帯を元に戻す。頭の中を探してみるが、記憶の断片もない。

「駄目だ。何が何だか、わかんない……」

その時、御厨が何かに気づいたように走りだした。何事かと高座もあとを追う。

鳩の死骸のすぐ横に、チョークで書かれた文字が残されていた。

「……ハト？」

高座が首をひねった。横から見るとそう読めなくもないが、違う。

「一一十」。漢字でそう書いてあるのだ。わざわざ鳩の死骸のそばに書くとは、芸が細かい。

「ニノマエイト……」

「ニノマエイト？」

犬神を殺された時にニアミスしているものの、高座にとっては初めて聞く名だ。

「奴か。てか、奴の目的はいったいなんだ……？」

御厨は左目を鋭く細めた。
DNAの螺旋(らせん)が動いている。
ある部分が光を放ち、
ギュルギュルギュルとスパイラルしていく。

30

「あのインチキ芸人が逃げただと？」

愛人秘書ローズから報告を受けた陳部長は、片方の眉(まゆ)を吊(つ)り上げた。

「はい。女房も連れて」

アジアの某超大国を相手に舐(な)めたマネしやがって。逃げおおせられるとでも思っているのか。

「インチキ芸人は顔を変えて逃げているはずだが、女房は顔を変えられない。日本中の監視カメラにハッキングして、女房の顔を識別ソフトにかけて割り出せ」

「割り出したら……」

返ってくる答えの想像はつくが、いちおう訊ねてみる。

「DNAを取り出したあとは女房ともども、処分しろ。クローンは欲しい」

冷酷非情な陳部長は顔色一つ変えない。

「わかりました」

「注射のほうは実用化に至ったのか」

ローズは少し口ごもった。

「……スペック発現率0・01%です」

「0・01%!?」

たちまち陳部長が激高し、周囲の部下たちは身をすくめた。

「使い物にならん!!　濃度をもっと上げろ!!　限界値まで!!」

「了解!!」

「行け!」

本国からしきりに催促がくるというのに、こんな調子では実用化はいつになることやら……陳部長は息を吐いた。

31

敏子の夫はここ数日で目に見えて衰弱し、死期はもうすぐそこまで迫っていると思われた。

「あなた。お願いだから、一口でいいから食べて」

ほんの数ヶ月でも、生き長らえてほしい。敏子は寿命せんべいを口元に持っていって懇願した。

「……寿命を無下にして、生き永らえてなんになる」

目を閉じたまま、弱々しい呼気で夫が言った。

「あなたと1日でも永く一緒に生きたいのよ。それを願うのはいけないこと？」

「お前は、なんにも、わかってない……」

切れ切れに言うと、夫はまた眠りに落ちた。

「──生きていくのだって、大変なんだから」

死相の表れた寝顔を見つめながら、敏子はぽつんと呟いた。

翌日、敏子は固い決意をしてインナープラネッツの大島を訪ねた。

「これが私の全財産です」

ゼロが8個並んだ数字が記帳されている通帳とハンコを、応接テーブルの上に置く。

「何も聞かずに受け取ってください」

その顔に悲痛な覚悟が滲(にじ)んでいるのを見て取った大島が、静かに訊ねた。

「何を、悩んでいるのですか」

「いえ。何も」

「私はともかく、帝法様に嘘は通じません。いずれわかることです。悩みがあれば、ともに分かち合いましょう」

敏子が遠慮がちに口を開く。

「……大島先生や帝法先生を巻き込むことになります。それに、私が倒すべき相手と命じられている相手は、このインナープラネッツにとっても立ちはだかってくる、公権力」

最後は、まっすぐに大島を見つめた。

「……それは？」

「内閣情報調査室特務事項専従係。御厨静琉、高座宏世、野々村光次郎」

膝(ひざ)の上に置いたリュックのクマを操りながら、一人ひとり名前を告げていく。

「それは……どのような意味で」

「スペックを持つ者を、水面下で抹殺しようとしている、腐敗した公権力のスタッフです」

敏子の指が、柔らかいクマの頭をぎゅっと握り潰(つぶ)した。

32

その頃、総理大臣の執務室では、野々村が長谷部に献策をしていた。

「アジアの某超大国はスペックを持つ者の研究を、国を挙げて行っております。軍事目的だと思いますが、我が国も、なんらかの方針を立てるべきかと思料致します」

長谷部は興味なさそうに、野々村の提出したレポートを手に取ってパラパラとめくった。

「……なんらかの方針？」

レポートが再びテーブルの上に置かれる。

「その存在を公でないにせよ、国として認めて、水面下で保護・育成するということです」

「我が国の方針は、ずっと前から決まっている」

「方針？」野々村の口調が変わった。

「ひたすら力ずくで隠蔽(いんぺい)かね。才能ある若者を殺し、無辜(むこ)の民を殺し、それで護(まも)る、この国になんの価値がある!! それが果たして、政治(まつりごと)と呼べるシロモノかね」

「越権的発言だ」

「私は正しいことを申し上げておる！」

野々村は両こぶしを握り締めて立ち上がった。野々村に、長谷部が横柄に返してくる。

「いいかね。政治のプロはきみではなく、我々だ。ただのインテリジェンス機関の職員のきみに口出しする権限はない」

相手は息子ほどの年齢だが、序列ははるかに上である。野々村はグッとこらえた。

「……せめて、このレポートだけでも総理に」

「必要ない」

野々村は怒りと無念を呑(の)み込み、レポートを置いて足音荒く去っていった。

長谷部も立ち上がり、レポートをクシャクシャに丸めてゴミ箱に捨て、執務室を出ていく。

その少し後、別の扉が開いた。衣装部屋に潜んでいた彩香である。

執務室のゴミ箱の中からレポートを拾い上げ、広げてすばやく目を走らせる。

「これは……」

驚くべき内容に、彩香は絶句した。

33

取り立てて何もすることがなく、高座は野々村が大事にしているカブトムシの飼育ケースを眺めていた。

「カブトムシ育てるって、何が楽しいんだ……」

トウマとセブミという幼虫は、ひたすら深い眠りについている。

高座は別の棚に並んでいるほかの飼育ケースを覗き込んだ。

偉そうなシバタという幼虫。その隣りのマヤマは、生きているのかどうか微動だにしない。このウエダってやつはどんとしているが、こっちのヤマダというラベルが貼ってあるほうはまるっとマットの中に潜り込んでいる。

「係長遅いっすねぇ」

応接セットのほうから、御厨の声がした。

野々村は首相官邸に出かけていったきり、夜になってもまだ帰ってこない。

それをいいことに御厨はデカい業務用の鉄板を持ち込み、もんじゃを作ってハフハフしながら一人で美味そうに食っている。

「……鯛焼き、足しとこ」

御厨はニヤッと笑い、鯛焼きを細かくちぎって、もんじゃの上にのっけていく。

「何やってんだ！」

臭え臭え、もんじゃ臭え。スーツに匂いがつくだろが！

ホワイトボードにはもんじゃ焼きの作り方と、裂かれた腹から明太子が飛び出している劇画タッチのタラ。なんだこの気持ち悪い絵は。

「明太もちチーズ鯛焼きもんじゃ。食べます♡？」

両手に大小のヘラを持ち、おそろしく己のキャラを無視したブリッコポーズ。自虐かそれは。

「食べます♡？　じゃねぇよ！　何度も何度も何度も言うが、ここは仕事場だぞ」

「仕事場だって、腹が減りゃメシ食うでしょうが！　はー。高座大先輩大明神様は絶対、職場でお食事されませんのですかね」

「屁理屈抜かすな！　職場にゲロみたいな食い物持ってきてヘラヘラ、チマを」

へ？　という小馬鹿にした顔を向ける御厨。

「ええい間違えた！　チマチマ、ヘラを舐め回してんじゃねえっつってんだよ！」

「これは、もんじゃ焼きっていう東京の立派な食い物なんっすよ。田舎者にはわかんないでしょうが……」

「俺は生まれた時から東京都民だ。何十年もインチキ知事にやられ放題のＴＯＫＩＯシビリアンだ。お前こそ岩手の田舎者だろ！」

「ザンネーン。気仙沼、宮城けーん！　気仙沼ホルモーン」

よく見れば鉄板の上に豚のホルモンがいい具合に焼けている。さては、ふるさと納税でもしたか。

「一緒だ。一緒！　この辺だ」

高座がエア日本地図の上のほうをくるくると指す。

「ム〜〜ッ！」

東北をひとからげにする東京都民め。

怒った御厨がヘラを弾く。アツアツのもんじゃが飛んで高座の顔にペチッと貼りついた。

「……アチ！　アチアチアチ！　何しやがんだ〜ッ」

その場で飛び跳ねている高座を見て、御厨がケラケラ笑う。

「勲章勲章。どんなもんじゃい。そのままつけてらい（つけてろ）」

下唇を突き出して、小憎らしいことこの上ない。

と、突然謎のＭＯＭＭＯＭ眼鏡女が、脚を高く上げるバレエのポーズで現れた。

黒革の上下に、網タイツとニーハイブーツという女王様感満載のいでたちである。

「入りまーす！　内閣情報調査室特務事項専従係宛に脅迫状が届いてまーす」

階段を一気に飛び降り、弓をきりりと引く。

「ＭＯＭＭＯＭ！　はりきってどうぞ」

シュンと放たれた矢文を、御厨が片手で難なく受け止める。

「なにやつ⁉」

高座が詰め寄った。答えによっては容赦しない。

女がＭＯＭＭＯＭ眼鏡を外してニッコリした。どえらい美女である。

「おっ」顔に軽く喜色を浮かべる高座。

「オッケーなんだ」

熱血バカもただの男か。御厨が蔑みの目で見る。

女はすばやい身のこなしでシュッと去っていった。

御厨が矢文を開く。

日本国家権力の狗共へ
あんたらの上司は預かった。
寿命を喰い尽くす前に助けてあげられるといいわね。
もともと残り少ないか！

古風な筆文字で書かれた脅迫状だ。

「……高座さん。野々村係長が」

「なに!?」

この内容からすると、犯人はチンチンせんべい化け物ババア……。

御厨の口に、うっすらと薄氷の笑みが浮かんだ。

34

首相官邸からの帰り道に拉致(らち)された野々村は、だだっ広い倉庫に縛られて転がされていた。

「フンガーフンガー」

抵抗した際に殴られた顔の傷が痛々しい。

「口塞(ふさ)いでねえだろ」

敏子がフリルの傘をフリフリ回しながら言った。背後には、老若男女のスペックホルダー軍団を従えている。

「ぱ。ホントだ。タハハタハハ、タラチネのハハなんちゃって」

「タラチネの母……!?」

突然、敏子がガクッと膝をついた。

「満州育ちの私を苦労して育ててくれた母のことを思い出すと、今でも涙が……」

よよと泣き崩れ、手で顔を覆う。……え、満州育ち？

「あの、失礼ですが、私より、年上？」

「二回り以上は」

顔を上げてしれっと答える。ウソ泣きかい。

「いやいや、これはお若い」

「若い人の寿命をいただいて、若返っております」

三つ指をついて軽く会釈する敏子。ちょいちょい言動が老人くさい。

「それはそれは。羨ましいというか――浅ましいというか」

顔から笑みを消し、野々村が一太刀浴びせかける。

「はん？」

あくまで敵対するってわけ。敏子が険悪な目つきで立ち上がった。

「寿命は人それぞれの宿命に合わせて割り当てられているもの。それを他人が、……しかも老人が横領するなどと」

野々村の辞書に屈するという文字はない。

敏子がサッと後ろに手を出した。

パーカーをかぶった銀髪の女スペックホルダーが、手に持っていたスタンガンのスイッチを押す。バチバチと火花が散った。

「OH！　DANGEROUS」

そのスタンガンが敏子の手へ渡る。敏子はソレで野々村を気絶させる気だ。

「オー！　デインジャラス。タンマタンマ」

屈しはしないが懇願はする。ただでさえ弱ってる心臓止まったらどうすんの。

その姿を見て、敏子は気が変わったらしい。

「別にアンタの余命すべて喰らってもかまわないんだよ。どうせゆくゆくは、みんなの迷惑になるんだろうからね」

スタンガンを放り投げ、自分の鼻の両穴に指を突っ込んで「うっプン♡」と鼻息を吹き出す。

野々村の頭上にヴォン、と寿命箱が現れた。

「え？　なになになに？」

「002半」と数字を弾き出した寿命箱が、敏子の手に瞬間移動する。

「あんたの、余命だよ。あと2年と半年」

「えー!?　それはまずい。912日……雅ちゃんとの子供が……いや先代雅との離婚のほうが先か、間に合うか……」

「まあ、美味くもないだろうが、いただくとするかね」

野々村の寿命せんべいをアーンと口に入れようとした時──。

バン！

銃声がして、後ろのドラム缶に着弾した。

敏子以外のスペックホルダーたちが悲鳴をあげて逃げ出していく。

さすが年の功。一人残った敏子は、ゆっくり顔を横に向けた。

御厨と高座が、銃を構えて立っている。

敏子が機敏な動きで野々村を盾にした。

「ヒィ〜」

「係長!!」

御厨が叫ぶ。

敏子が野々村の陰から飛び出した。御厨と高座が銃を連射する中、軽業師のようにバック転で逃げていく。

「係長!!」

野々村に駆け寄ろうとした高座を、「危ない！」と御厨が止めた。その刹那、目の前をバチッと電流のようなものが走った。

「うおっ。先っぽが……」

銃の先がスパッときれいになくなっている。銃を構えていなかったら、高座の体が真っ二つになっていたところだ。

「アチ！」

一拍遅れて、帯電している銃の残り半分を放り捨てる。

「隠れろ！」

御厨が高座の手を引っ張り、大きな木箱の陰に身を潜めた。

「結界を張られてる」

「結界？　どういうのだよ」

高座が眉を寄せる。そんなの、RPGとかSF小説の中でしか聞いたことねえぞ。

「それは、わかりませんねぇ」

頼りない返事がくる。

「わからないだと……？」

「まあまあ少し落ち着いて」

高座をなだめつつ御厨が向こうを窺（うかが）っていると、

「ワ――――」

「ワカチコワカチコ」

急に大勢の声が反響して聞こえてきた。さっき逃げたスペックホルダーたちらしい。

「はあ……、もう、正直、どうなのこれ」

御厨の後ろにあぐらをかいて座った高座が、うんざりした顔でため息をつく。

「何が」

「スペックとか、もうなんでもありじゃん。訳わからんことばかりで、どうやって戦っていいのか」

「ア――――」

またあっちこっちから、まるで猛獣の住むジャングルにさ迷い込んだかのようにいろんな声が聞こえてくる。


敏子とスペックホルダー軍団は、御厨たちが見える場所に集結していた。

「結界の中に奴らが入って来さえすれば、バラバラっすわー」

スタンガンを持っていた銀髪女は、電気を自在に操るスペックを持つ。

「奴ら、動揺してるよ」

敏子はほくそ笑んだ。

背後でワカチコ男が、死んでいったスペックホルダーたちの写真を床に並べている。

冷泉俊明（れいせんとしあき）、久遠望（くおんのぞみ）、上野真帆（うえのまほ）……多くの仲間が戦いの中で命を落とした。

「殺されていった仲間の仇を取らねば」

ちっちゃいことは気にしないが、これは残った者の使命だ。

「フーン！　フーン！」

ワカチコ男が気合いを入れる。能力はFマイナスなのでいてもいなくても同じだが、目立とうとするヤル気だけは一発芸人なみだ。

敏子たちは神妙な顔になり、写真の亡きスペックホルダーたちを見つめた。

「あーもう！」

高座がイライラして声をあげた。そもそも考えるより行動が先の性分なのである。

「少し落ち着けって」

「指図すんな」

業を煮やして立ち上がろうとした高座に、御厨が「行くな！」と顔面パンチをお見舞いした。

「いってぇ！　てめえ」

「ザケンな。私たちが今ここで踏ん張り切らなかったら、すべて終わりっす。わかってます？　それでいいんすか？　後悔しないんすか⁉」

御厨は憤り、尻もちをついて鼻を押さえている高座の胸ぐらを摑んだ。

「んじゃ、どうすりゃいいんだよ」

高座はヤケクソ気味に言い、御厨の両手をぶっきらぼうに払いのけた。

「……もういい。私一人でなんとかする」

御厨が背を向けた。そんなことさせられるか。高座は、御厨が背負っている大きな迷彩柄のリュックサックを摑んで止めた。

「バカ、俺が先に行く」

歩きだした瞬間、結界に触れてビチッと手に裂傷が走る。

「アチッ！」

「危ないって‼」

学習しろ鳥頭。御厨が高座の服を摑んでまた引き戻した。


「結界をもっと広げて」

敏子が銀髪女に命じる。

銀髪女は息を吐くと手を合わせて集中し、さっと腰を落とした。そして手に持ったカードを飛ばすような仕草をしながら呪文を唱え始める。

「あーのくたーら、さんみゃくさんぼーぼーぼーだい、あーのくーたら、さんみゃくさんぼーだい……」

バチバチバチ……結界が広がって、こっちに迫ってくる。

「ヤバい」

高座は焦った。もうそこまで結界がきているのが気配でわかる。

「こんなこともあろうかと、持ってきてよかった」

そう言うと、御厨は迷彩柄のリュックサックから筒状の銃器を取り出した。

「パッパラッパパッパパー。安保闘争以来公権力御用達ガス筒発射器催涙弾〜〜」

未来からきたネコ型ロボットは、そんな物騒なものは出さない。

「そんなもん、どこから持ってきたんだ」

「私たち公権力だから、たやすく手に入るんすよ」

「嘘つけ」

さらに御厨がリュックの中をゴソゴソする。

「これ、つけて」

「ガスマスク？」

高座は呆れた。こんなもんまで！

「待て。奴らも何か、ガサクしてるみたいだ」

双眼鏡で御厨たちを見張っていたワカチコ男が言った。

「カクサクだろ？　画策」

見た目どおりのおバカである。

「け。その前に、皆殺しだよ」

敏子が「こっち来い！」と中国語で声をかけると、ライフルを持った黒ずくめの男たちが走ってきた。


「よいしょ！　束になってかかってくるなら、束ごと、やっちまいます」

ガスマスクを着けた御厨が、重そうなガス筒発射器を抱え上げた。

「束ごと？」

高座もマスクは装着済みである。

「催涙弾を多量にブチ込んで、相手を燻り出し撤退させます。辺りが煙に包まれたら、野々村係長を奪還してください。これ銃です、使ってください」

ポケットから自分の銃を渡すと、

「高座さん、行きますよ～。レッツ・パーリー！」

発射器を構え、木箱の陰から飛び出していく。

「強いな……」

シガニー・ウィーバーかリンダ・ハミルトンか、はたまたミラ・ジョヴォヴィッチか。

敏子たちがいると思しきほうへ、ドン！　と一発目の催涙弾が発射された。

ドン、ドン、ドン！

御厨が次々に催涙弾を撃ち込み、辺り一帯が煙に包まれる。

「行け！」

煙がもうもうと立ち込める中、御厨の大音声が飛ぶ。高座は野々村の救出に向かった。

「ぐぁ。目と喉が……」

スペックホルダーたちは皆、たまらず床に座り込んだ。

「あのスベタ……！」

意外にお口が悪い。敏子は罵り言葉を吐き、ライフルの男たちに中国語で命じた。

「ボヤッとするな！　さっさと撃て！」

2丁のライフルが御厨を狙ってきた。

すばやく戻って木箱に隠れ、手際よく新しい催涙弾を装弾すると、男たち目がけてぶっ放す。

「うわっ！」

男たちが後ろに飛びすさった。間髪を容(い)れずまた御厨の催涙弾が襲う。

──くそっ。2丁じゃダメだ。敏子は手に持っていた無線機に中国語で怒鳴った。

「B班C班D班も撃て！」

別のところから数人の男たちがバラバラと走り出てきた。

そちらは高座が拳銃(けんじゅう)で応戦しているが、いかんせん多勢に無勢だ。

御厨が着実に、一人ひとりに催涙弾をぶち込んでいく。たちまち視界が一面真っ白になる。

「一旦(いったん)撤収！」

煙で方向感覚を奪われる前に、男たちは一目散に逃げていった。

「撤収禁止!!」

敏子が怒鳴るも、スペックホルダーたちまでワラワラと逃げ出していく。

満州引き揚げの言語を絶する生き地獄を体験した敏子にしてみれば、腑抜けとしか言いようがない。

「ちっくしょー!!　こうなったら、あたし一人だけでも殺(や)ってやる!!」

悔しまぎれに、敏子は力いっぱい壁を蹴(け)りつけた。

敵方の攻撃がパタリと止み、高座は立ったまま様子を窺っていた。

「どうしたー！　かかってこーい‼」

御厨が叫んでいる。

「……結界が消えた」

その時、高座の耳に咳き込む声が聞こえてきた。野々村だ！

「係長‼　係長‼」

「ゴホゴホ。高座くん。ここだ。ここだよ」

煙の中を手探りするように声のほうへ進むと、野々村が苦しそうに横たわっている。

高座は野々村に駆けより、自分のガスマスクを外して差し出した。

「脱出します。このマスクをしてください」

「かたじけない」

敵を挑発する御厨の雄たけびが続く中、野々村をかばうようにして出口に向かう。

「御厨！　頼んだぞ！」

声をかけてシャッターを開け、廊下に出た。

「目が見えないよー」

ボケたかジイさん。ガスマスクがズレて視界を塞いでいるだけだ。

「マスク取ってください。こっちです」

二人は廊下を走り、無事に建物の外へ脱出できた。

「御厨、呼んできます」

野々村が取って返そうとした高座の肩越しに一点を見つめ、「……高座くん」とあごをしゃくった。

振り返ると、向こうに何人も人が倒れているのが見えた。皆、ピクリともしない。

そして、かすかに漂う血の匂い……。

「……なんだ？　死体？」

倉庫から逃げ出してきた、スペックホルダーたちらしい。

近寄ってみると、全員、喉笛から頸動脈を真一文字に切られて絶命していた。

「首を掻っ切って即死……この手口はおそらく、自衛隊特殊工作隊」

「自衛隊特殊工作隊？」

音もなく後ろから襲われ、スペックホルダーたちは、声さえ立てる暇もなかったに違いない。

「と、いうことは……」

野々村は思案顔になった。

35

その頃、首相官邸にも、この一件が伝えられていた。

「長谷部さん。ここだったんですか」

総理執務室のドアが開き、慌てて部下が入ってきた。

電気も点けず、長谷部は暗い部屋の中で一人じっと立ち尽くしている。

「大変です。例のアジアの大国のスペックホルダーとトクムの連中が交戦中とのことです」

「ああ。聞いてる」

「総理に報告を」

「もうすでに報告済みだ」

部下は僅かにもの問いたげな顔をしたが、「承知しました」と一礼して出ていった。

――スペックホルダー？　実在するってこと？

衣装部屋では、彩香がまた話を盗聴していた。

長谷部は、やはり知っていたのだ。理由はわからないが、あのレポートを握り潰したように、スペックホルダーに関することを隠匿しようとしている。

長谷部は、総理に何も報告していないはず。

「総理にご報告申し上げねば」

彩香はスーツのポケットからスマホを取り出した。これは二度とないチャンスだ。

電話をかけようとした時、こめかみにひやりと冷たい感触がした。

長谷部が、蛇のような目で銃口を突きつけている。

「山城彩香。クソネズミめ」

なんの躊躇もなく、サイレンサー付きの銃から三発、弾丸が発射された。

「人……殺……し」

胸と腹に銃弾を受けて床に倒れた彩香が、ガクッと事切れて目を閉じる。

「世の中には、知らなくていいこともあるんだよ」

長谷部は冷ややかな目で彩香を見下ろしながら、まるで石ころでも蹴飛ばすように体をごろんと足で転がした。

「とくに、一般国民は無知であるに限る」

その顔に、傲慢な笑みが浮かんだ。

36

外の事件を何も知らない御厨は、ひたすら催涙弾を撃ちまくっていた。

「おらおらおら！　出て来いやー」

次の瞬間、頭上に違和感があった。

ポケットからコンパクトミラーを取り出し、映してみる。

寿命箱だ。寿命箱が頭に載っている。「０３５」と数字を確認したとたん、箱が消えた。

「しまった！　どこだ……」

敏子の姿を探すが、催涙弾の煙が邪魔をする。

「おいブス。こっちだよ」

声のするほうに催涙弾を撃つ。と、また全然違う方向から敏子の声。

「バーカ。こっちだよ。こっち」

「くそー」

ブスだと？　ブスだと？　ブスだと？

敏子は扉の外の廊下で、ボリボリと御厨の寿命せんべいを喰っていた。

ふと、その手が止まる。

「あなた……？」

自宅で昏々と眠り続けている夫の意識が、一瞬戻ったような気がしたのだ。


催涙弾を撃とうとするのだが、腕が痺れて力が入らない。

御厨の手から、ついに発射器が床に落ちた。

重い……どうしたんだ、この手は？

「筋力が落ちてる……？　寿命を喰われてるのか」

立っていられなくなり、膝をつく。

それを見計らったように、敏子が煙の中から現れた。

「あんたに怨みはないが、あたしも生きていかなきゃなんないからさ。死んでもらうよ」

寿命箱の数字はもう、残り13になっている。

敏子は心を痛める様子もなく寿命せんべいを喰べ続け、チンチンチンと数字が減っていく。

「ぬっさこの（この野郎）……」

しかし、体が弱っていくのが自分でもわかる。このままでは死んでしまう。

追い詰められた御厨がガスマスクを外し、眼帯に手をかけようとした時――。

「使うかい？　スペック」

揶揄をたっぷり含んだ声で、敏子が言った。

「使いなよ、スペック。そもそもあんたは、凡人の権力サイドにいる人間じゃない。私たち、選ばれた人間のサイドにいるべきなのよ」

御厨の手は、眼帯にかかったままフリーズしたように動かない。

敏子は再び寿命せんべいを喰べ始めた。ボリボリ、チンチン。寿命が10を切る。

御厨の髪に白いものが交じり、顔にしわが刻まれて、体から抜けた生気がシューと立ち昇っていく。

「頭を下げてこっちのサイドにくるか、それともここでくたばるか、どっちか選びな」

数字が6になった寿命箱を抱え、敏子はスカートをヒラヒラさせながら訊いてくる。

荒い息で敏子を睨みつけた瞬間、すっかり白髪になった御厨はゴボッと大量の血を吐いた。

「もうすぐ、あんたの寿命が尽きるよ。ああ、もったいないね」

もう体を支えていられない――御厨は床に横たわった。

「でも、食べちゃお」

人の命を奪うことになんら痛痒を感じない、この女の心は麻痺してしまっている。

5……4……3……御厨は、わずかに残った力を振り絞って眼帯に左手を伸ばす。

だが、時すでに遅かった。敏子は寿命箱をひっくり返し、底を叩いて小さな残りカスまで全部口の中に入れると、モグモグしながら満足そうに御厨を見やった。

チンチン鳴っていた寿命箱が、最後はゴーンと弔いの鐘を鳴らして数字が0になる。

敏子はごっくんと口の中のものを飲み込み、御厨に見せびらかすようにパカッと口を開けた。と同時に、寿命箱も消えた。

御厨の目が閉じ、頭がガクンと垂れる。死が、かぎりなく近づいていた。

しかし、御厨の知らないある出来事があった。


それは、3ヵ月前――。

トクムのロフトで眠っている御厨の元に、黒いセーラー服の少女……ニノマエイトが現れた。

枕元に座り、手に持っていた地獄達磨を御厨の顔のそばに置く。すると地獄達磨の白目が、陰鬱な黒目になって瞬いた。

イトは鯛焼きの搔い巻きを剝がし、赤い液体の入った太い注射器を手にしてククッと笑うと、その手を高く掲げた。

ヴォス!!

御厨の心臓めがけて突き立てる。

御厨の目がガッと見開かれた。

赤い液体を全部注入し終えたイトが、注射器を抜いてまたニヤーと笑う。

「う……うん……」

御厨は、再び目を閉じて眠りに落ちた。


白髪の老女となった御厨は、倒れたままピクリとも動かない。

「……死んだか」

敏子は背中から銃を取り出し、御厨に向けた。

「念のため、とどめを刺しとく」

そう言って、引き金を引く。

銃声とともに弾が発射された。

と同時に、誰かの指がパチンと鳴る。

時間が静止し、

世界が静止する。

「……あーあ。意外とあっさり、やられちまったなぁ」

地獄達磨を抱えたイトが歩いてきた。

倒れている御厨をチラッと見て、空中で静止している銃弾をつまもうとした時――。

「まだ、死んでねえよ」

イトがハッと手を止めた。

「ミクリヤ……」

御厨は目を閉じたまま、微動だにしない。

聞こえているのは実際の声ではない。御厨の、心の声だ。

「ニノマエイト。てめえとの結着をつけるまでは、絶対死ねねぇ！」

「へ。じゃあ、お手並拝見」

イトは面白そうに言うとズズズと後ろ向きに下がっていき、またパチンと指を鳴らしてウージングアウトした。

同時に世界に時が満ち、敏子の銃弾が御厨にボシュン！　とめり込む。

「ジ・エンド」

敏子は満足気に言い、立ち去ろうと背を向けた。

――カラリン。

なんの音……？　立ち止まり、ゆっくりと振り返る。

御厨が元通りの姿で、少し前屈みの姿勢になり立ち上がっていた。

体にオーラを漂わせ、御厨の肉体を貫通できなかった弾がその足元に落ちている。

敏子は大きく目を見開いた。

「寿命を喰い尽くしたはずなのに……」

「公務員ナメンナ。オ前ナンカニ、スベテ飲ミ込メルホド、アタシノ生命ハ小サクネエンダヨ」

低い嗄れ声で、ニヤリと笑う。別人格がすでに起動しているのだ。

「喰イツクセルモノナラ、喰イツクシテミロォォォ！」

なら、また寿命を喰うまでだ。手に寿命箱を出現させた敏子は、しかし「え？」と目を丸くした。

0になったはずの寿命箱の数字が、しかも元の数字より大きい40になっている。

「ふ……増えてる？　んなバカな」

慌てて寿命箱の寿命せんべいをボリボリ食べる。ところが、寿命箱の数字は一度は減るものの、その何倍ものスピードでチンチン増えていくのだ。

数字は怒濤の勢いで増し、80にまで達した。

「どうなってんの？」

呆然(ぼうぜん)とする敏子。

御厨は不気味に笑い、左手を上から回して右目の眼帯を外す。

赤く光る、オッドアイ――。

「ブチ殺シテヤル！」

「バケもんが。死ね！」

敏子が寿命箱を消して銃を抜き、御厨に向けて立て続けに発砲した。

御厨が両手で空を薙(な)ぎ払い、弾はすべて弾(はじ)かれていく。

やがて敏子の銃がカチカチと弾切れを起こした。

「オマエガ死ネ！」

御厨は叫び、両手で作った三角の隙間から赤い目を覗(のぞ)かせて手を薙ぎ払う。

敏子の肉体が切り裂かれ、たちまち血まみれになる。

「ギャアァァァァ！」

パニックを起こしてわめく敏子を見て、御厨は乾いた声で笑った。

「殺シマクッテキタクセニ。殺サレルノハ怖イノカ」

総毛立つような冷たい目だ。敏子の背筋は凍りつき、ガタガタと震えが止まらない。

「最期ダ」

御厨の顔が残忍に歪(ゆが)む。

腰を落として体を捻り、殺しの空気玉を放とうとした刹那。

「やめろ‼」

高座が駆け込んできて、敏子をかばうように立ちはだかった。

我を失っている御厨が構わず腕を薙ぎ払う。

バッバッバッバッ！

大きくのけぞった高座の肉体に、カマイタチに襲われたような切り傷がつく。

数メートル後ろにいる敏子にも風圧はくるが、傷はすべて高座が引き受けている。

体勢を立て直した高座を、赤い目が睨みつける。

「ドケ」

「どかねえー‼」

今の御厨にとって、自分が虫ケラ同然の存在なのは百も承知だ。だが、高座は御厨に約束した。お前を護る、と——。

「オマエモ殺スゾ」

「殺されても、俺は絶対に死なねえ！」

ダラダラ血を流しながら、高座は一歩も引かず真っ向から対峙する。

「ハ？　バカカ」

「お前みてえなクソ別人格にはわかんねえだろうがな、御厨を人殺しにさせる訳にはいかねえんだよ！」

高座は銃を手にしない。丸腰で立ち向かう気だ——御厨を傷つけないために。

「……アアアアア！」

御厨は両手で耳を押さえると、高座の言葉を打ち消すように左右の腕を薙ぎ払った。

「ウゼエ！」

カマイタチの風がバツバツバツと高座を襲う。

踏み止まった高座はフッフと息を吐きながら体を戻し、

「まだまだ〜〜っ」

目から鼻から口から、血だらけの顔で受けて立つ。

御厨は両手を前に突き出し、そのまま数歩後ずさると、両腕を広げて天を仰いだ。

おぞましい咆哮をあげながら、ぎゅるぎゅると気を練って特大の空気玉を放つ。

内臓に直接鉄の塊をぶつけられたような衝撃。さすがにダメージが大きく、高座は体を折って口からドバッと血を吐いた。

しかし、フラフラになりながらもまた顔を上げる。

「……まだまだ〜〜っ!!」

「ト〜ド〜メ〜ダ〜」

御厨が前に突き出した手をクロスさせた。手で作った三角から覗く顔の残忍さに戦慄が走る。

御厨が、両手を大きく広げた。

最大級のヤバいやつだ。しかし、逃げるわけにはいかない。この勝負、日大ワンダーフォーゲル部の、そして失われた日大運動部の威信を賭けても負けられないのだ。

「来いや～～！　この野郎～～!!」

こぶしを握り固めて、両足を踏ん張る高座。

殺意の気を溜める御厨。

トドメの空気玉が放たれる、まさにその寸前――。

チクン。

首に針を刺された御厨が、凄い形相で振り返る。

「どうだ」

いつの間にか、野々村が注射器を手に立っていた。

御厨はその場にバタリと倒れ、赤い目が元に戻ってゆっくりとまぶたが落ちていく。

「係長！」

高座が阿吽の呼吸で御厨に駆け寄り、眼帯を下ろした。

とりあえずよかった。御厨を護ることができた――。

「玉森さん」

逃げ出そうとしていた敏子を、野々村が厳しい声で呼び止めた。

敏子が立ち止まり、振り向きざま銃を向けてくる。

「もう、弾切れしてるよ」と野々村。

「あたしを捕まえる気？」

「ああ。殺人未遂と銃刀法違反で警察に突き出す。本当はスペックのほうで裁判にかけたいところだが、あいにく、スペックであんたに正当な罪を与える法律はない」

「あたしだって、好きで人殺しをやってる訳じゃない。利用されただけよ！」

頬に涙を伝わせながら弁明する。だが、そんな見え透いた小芝居に騙（だま）される野々村ではない。

「嘘をつくな!!」

敏子の肩がビクッとする。

「どんな時も、自分で立ち止まることができなかったと言い逃れするつもりか。冗談じゃない！　あんたは、自分の才能に溺（おぼ）れ、そして、たくさんの人間を殺した。その一つ一つに立ち止まるべき瞬間が必ず、必ずあったはずだ。それを……」

「私たちはやられたから、やり返しただけだ！　先にやったのはそっちだ」

開き直った敏子に、高座が銃を向けて怒鳴る。

「それは、こっちのセリフだ！」

その時、「動くな！」と制服警官が三人、走り込んできた。

「銃を捨てろ。警察だ。表の死体もお前らがやったんだな」

「待て。俺たちは……」

「高座くん」

野々村が、待て、というように目で制する。

「黙って逮捕されろってことですか」

小声で訊くと、野々村も小声で返してきた。

「こいつらが本物の警官ならばね」

え……高座は目の前の警官たちに視線を戻した。

「まさか……」

「お前らの所属と、警官ナンバーを言ってみろ」

野々村が問い質す。しかし暗い目をした警官たちは、石のように無反応だ。

野々村たちの背後で、敏子がハッとした。日本人じゃない？

「……まさか」

出口に向かって駆けだした敏子に、警官たちの銃がいっせいに火を噴く。

高座たちは身動きする間もない。

体じゅうに弾丸を撃ち込まれ、敏子は死のダンスを踊ってくずおれた。

木箱に寄りかかって口から血を吐き、虫の息で声を絞り出す。

「……あ、な、た」

同時刻、自宅の布団で目を覚ましていた敏子の夫が静かに息を引き取った。

まるでそれがわかったかのように、敏子の手がガクリと落ちる。

「おい！」

高座が駆け寄っていった。敏子は糸の切れた操り人形のように、ぐにゃりと座り込んでいる。

「しっかりしろ。おい！」

しかしその目はもう、何も映していない。

たった一人、殺風景な倉庫で迎えた死。人の命を奪って若返ってきた女の哀れな末路だった。

高座はそっと手をやり、敏子の開いた目を閉じた。死者を打つ鞭は持たない。野々村を振り返り、首を横に振ってその死を伝える。

「……藪蚊(やぶか)でも殺すように、軽く人を殺すのだな。きみたちは」

警官たちに向き直って、野々村が言った。彼らはやはりまったくの無反応だ。

と、盾と銃を持った警官隊がゾロゾロと走り込んできた。

高座が急いで野々村と御厨のところへ戻る。

「警官の皮を被(かぶ)った、自衛隊特殊工作隊のメンバーかね」

警官たちから返事はない。

「なんとか言え！」

野々村の怒りの大喝が倉庫に響いた。

37

薄暗い部屋でロウソクの炎が揺れ、青磁の香炉からは香りのよい線香の煙がまっすぐに立ち昇っている。

「帝法様。スペックを持つ者が、新たに3名、入信致しました」

スクリーンの向こうにいる邑瀬帝法の影に向かい、大島は言った。

「そのうち一人は、特Aのスペックです」

帝法様がお喜びになるであろう報告を終え、人差し指と小指と親指を胸の前で合わせる。

「お導きを～～。水金地火木土天海海～～。水金地火木土天海海～～！　水金地火木土天海海～～!!　水金地火木土天海海～～!!」

念仏が次第に激しくなる。左右の後方に控えた老人たちが手を打ち、鈴を鳴らす。

ほとんど狂乱の域だ。

帝法の影が、ゆっくりと腕を広げて揺らめいた。

38

そこは360度鏡に囲まれた、万華鏡のような鏡の部屋である。

「──御厨。起きなさい」

白達磨（しろだるま）を片手に抱えた白いセーラー服の少女が、気を失っている御厨の潜在意識に懸命に語りかけている。

「──御厨。起きなさい」

その顔は、ニノマエイトと瓜二（うりふた）つだ。

「御厨。未来を護れ」

突然、鏡にビシッと亀裂（きれつ）が走った。

気配を察知した白いイトはシュンと姿を消し、入れ替わりに地獄達磨を抱えた黒いイトが現れた。

「……逃げたか、クソ野郎」

黒いイトは吐き捨てるように言うと、鏡の部屋をぐるりと見回した。

39

霞が関にある、警視庁本部。

ここにもまた、未来を護ろうとしている人物がいた。

「殉職された野々村係長代理の弟さんから、こんな資料が……」

かつて光太郎の部下であり、旧知の間柄だった捜査一課弐係係長の近藤昭男は、応接テーブル越しに資料を差し出した。

それを受け取った細い指が、一枚一枚丁寧にページをめくっていく。

「これでもまだ、沈黙し続けるおつもりですか⁉」

近藤は激高し、日本の全警察官の頂点に立つ女性に言った。

「総監！」

40

警官を装った自衛隊特殊工作隊が、銃を突きつけながら野々村と高座にジリジリとにじり寄ってくる。

まさに絶体絶命の窮地だ。生きて帰れる可能性は、万に一つもないだろう。
御厨は深い眠りについたまま、まだ目を覚まさない……。

本書は『ＳＩＣＫＳ' 恕乃抄』のシナリオをもとに小説化したものです。
小説化にあたり、若干の変更があることをご了承ください。

出版企画／ＴＢＳテレビ　メディアビジネス局　ライセンス事業部

SICK'S（シックス）
恕乃抄（じょのしょう）

原案／西荻弓絵（にしおぎゆみえ）　ノベライズ／豊田美加（とよだみか）

平成30年 7月25日　初版発行

発行者●郡司 聡

発行●株式会社KADOKAWA
〒102-8177　東京都千代田区富士見2-13-3
電話 0570-002-301（ナビダイヤル）

角川文庫 21036

印刷所●旭印刷株式会社　製本所●株式会社ビルディング・ブックセンター

表紙画●和田三造

ISBN978-4-04-106775-8　C0193

JASRAC 出 1806151-801

角川文庫発刊に際して

角川源義

第二次世界大戦の敗北は、軍事力の敗北であった以上に、私たちの若い文化力の敗退であった。私たちの文化が戦争に対して如何に無力であり、単なるあだ花に過ぎなかったかを、私たちは身を以て体験し痛感した。西洋近代文化の摂取にとって、明治以後八十年の歳月は決して短かすぎたとは言えない。にもかかわらず、近代文化の伝統を確立し、自由な批判と柔軟な良識に富む文化層として自らを形成することに私たちは失敗して来た。そしてこれは、各層への文化の普及滲透を任務とする出版人の責任でもあった。

一九四五年以来、私たちは再び振出しに戻り、第一歩から踏み出すことを余儀なくされた。これは大きな不幸ではあるが、反面、これまでの混沌・未熟・歪曲の中にあった我が国の文化に秩序と確たる基礎を齎らすためには絶好の機会でもある。角川書店は、このような祖国の文化的危機にあたり、微力をも顧みず再建の礎石たるべき抱負と決意とをもって出発したが、ここに創立以来の念願を果すべく角川文庫を発刊する。これまで刊行されたあらゆる全集叢書文庫類の長所と短所とを検討し、古今東西の不朽の典籍を、良心的編集のもとに、廉価に、そして書架にふさわしい美本として、多くのひとびとに提供しようとする。しかし私たちは徒らに百科全書的な知識のジレッタントを作ることを目的とせず、あくまで祖国の文化に秩序と再建への道を示し、この文庫を角川書店の栄ある事業として、今後永久に継続発展せしめ、学芸と教養との殿堂として大成せんことを期したい。多くの読書子の愛情ある忠言と支持とによって、この希望と抱負とを完遂せしめられんことを願う。

一九四九年五月三日

角川文庫ベストセラー

SPEC～零～
原案／西荻弓絵
ノベライズ／豊田美加
原作／里中静流

家族を飛行機事故で失った当麻のもとに柴田純という刑事がやって来て言った。「当麻の家族はスペックホルダーに殺された」——。すべての謎が解けるSPECの原点が小説に。

劇場版SPEC～結～漸ノ篇
脚本／西荻弓絵
ノベライズ／豊田美加

当麻と瀬文は姿を消した里子と潤を追う。一方サブアトラス会議では、シンプルプランをめぐり国家対立が勃発。すべてを冷ややかにながめる、全身白ずくめの謎の男と女が現れ……。壮大なクローズ、前編！

劇場版SPEC～結(クローズ)～爻(コウ)ノ篇
脚本／西荻弓絵
ノベライズ／豊田美加

スペックホルダーを壊滅させるシンプルプランの正体が明らかになった。何者にも代えがたい仲間の命を犠牲にして……。ファティマ第三の預言とは？ ガイアの意図とは？ 当麻と瀬文の運命は？ 感動の結末！

シナリオ 劇場版SPEC～天～
西荻弓絵

海上のクルーザーからミイラ状の死体が発見された。それは当麻と瀬文への新たな挑戦状……。スペックホルダーたちの狙いは？ 脚本家・西荻弓絵の世界を堪能できる、大ヒット映画のシナリオ完全版が登場！

シナリオ SPEC～零～
西荻弓絵

家族を飛行機事故でなくした女子高生・当麻紗綾に、思いもよらない知らせが。「当麻の家族はスペックを持つ者たちに殺された可能性が高い」——壮大な物語の原点を描く、SPドラマシナリオ完全版！

角川文庫ベストセラー

シナリオ　劇場版　SPEC〜結〜　西荻弓絵

いよいよ「審判の日」が近づこうとしている。スペックを持つ者と持たざる者。それぞれの未来は……。社会現象となった大ヒットシリーズの最後を描く、脚本家・西荻弓絵、渾身のシナリオ版最終章！

羅生門・鼻・芋粥　芥川龍之介

荒廃した平安京の羅生門で、死人の髪の毛を抜く老婆の姿に、下人は自分の生き延びる道を見つける。表題作「羅生門」をはじめ、初期の作品を中心に計18編。芥川文学の原点を示す、繊細で濃密な短編集。

蜘蛛の糸・地獄変　芥川龍之介

地獄の池で見つけた一筋の光はお釈迦様が垂らした蜘蛛の糸だった。絵師は愛娘を犠牲にして芸術の完成を追求する。両表題作の他、「奉教人の死」「邪宗門」など、意欲溢れる大正7年の作品計8編を収録する。

杜子春　芥川龍之介

人間らしさを問う「杜子春」、梅毒に冒された15歳の南京の娼婦を描く「南京の基督」、姉妹と従兄の三角関係を叙情とともに描く「秋」他「黒衣聖母」「或敵打の話」などの作品計17編を収録。

高野聖　泉　鏡花

飛騨から信州へと向かう僧が、危険な旧道を経てようやくたどり着いた山中の一軒家。家の婦人に一夜の宿を請うが、彼女には恐ろしい秘密が。耽美な魅力に溢れる表題作など5編を収録。文字が読みやすい改版。

角川文庫ベストセラー

檸檬　梶井基次郎

私は体調の悪いときに美しいものを見るという贅沢をしたくなる。香りや色に刺激され、丸善の書棚に檸檬一つを置き——。現実に傷つき病魔と闘いながら、繊細な感受性を表した表題作など14編を収録。

武蔵野　国木田独歩

人間の生活と自然の調和の美を詩情溢れる文体で描き出し、日本の自然主義の先駆けと称された表題作をはじめ、初期の名作を収録した独歩の第一短編集。（解説：中島京子）

堕落論　坂口安吾

「堕ちること以外の中に、人間を救う便利な近道はない」。第二次大戦直後の混迷した社会に、かつての倫理を否定し、新たな考え方を示した『堕落論』。安吾を時代の寵児に押し上げ、時を超えて語り継がれる名作。

城の崎にて・小僧の神様　志賀直哉

小説の神様と言われた志賀直哉。時代を経ていまなお、名文が光る短篇15作。秤屋に奉公する仙吉の目から、弱者への愛を描く「小僧の神様」ほか、「城の崎にて」「清兵衛と瓢箪」など代表作15編を収録する作品集。

斜陽　太宰治

没落貴族のかず子は、華麗に滅ぶべく道ならぬ恋に溺れていく。最後の貴婦人である母と、麻薬に溺れ破滅する弟・直治、無頼な生活を送る小説家・上原。戦後の混乱の中を生きる4人の滅びの美を描く。

角川文庫ベストセラー

角川文庫ベストセラー

細雪 (上)(中)(下)　谷崎潤一郎

大阪・船場の旧家、蒔岡家。四人姉妹の鶴子、幸子、雪子、妙子を主人公に上流社会に暮らす一家の日々が四季の移ろいとともに描かれる。著者・谷崎が第二次大戦下、自費出版してまで世に残したかった一大長編。

時をかける少女 〈新装版〉　筒井康隆

放課後の実験室、壊れた試験管の液体からただよう甘い香り。このにおいを、わたしは知っている——思春期の少女が体験した不思議な世界と、あまく切ない想いを描く。時をこえて愛され続ける、永遠の物語！

家出のすすめ　寺山修司

愛情過多の父母、精神的に乳離れできない子どもにとって、本当に必要なことは何か？「家出のすすめ」「悪徳のすすめ」「反俗のすすめ」「自立のすすめ」と四章にわたり現代の矛盾を鋭く告発する寺山流青春論。

書を捨てよ、町へ出よう　寺山修司

平均化された生活なんてくそ食られえ。本も捨て、町に飛び出そう。家出の方法、サッカー、ハイティーン詩集、競馬、ヤクザになる方法……、天才アジテータ－・寺山修司の100%クールな挑発の書。

坊っちゃん　夏目漱石

単純明快な江戸っ子の「おれ」（坊っちゃん）は、物理学校を卒業後、四国の中学校教師として赴任する。一本気な性格から様々な事件を起こし、また巻き込まれるが。欺瞞に満ちた社会への清新な反骨精神を描く。

角川文庫ベストセラー

汚れつちまつた悲しみに……
中原中也詩集

中原中也
編／佐々木幹郎

16歳で詩人として出発し、30歳で夭折した中原中也。昭和初期、疾風怒濤の時代を駆け抜けた稀有な詩人の代表作品を、生きる、恋する、悲しむという3つの視点で分類。いま改めて読み直したい、中也の魂の軌跡。

兎の眼

灰谷健次郎

新卒の教師・小谷芙美先生が受け持ったのは、学校で一言も口をきかない一年生の鉄三。心を開かない鉄三に打ちのめされる小谷先生だが、周囲とのふれ合いの中で次第に彼の豊かな可能性を見出していく。

セロ弾きのゴーシュ

宮沢賢治

楽団のお荷物のセロ弾き、ゴーシュ。彼のもとに夜ごと動物たちが訪れ、楽器を弾くように促す。鼠たちはゴーシュのセロで病気が治るという。表題作の他、「オツベルと象」「グスコーブドリの伝記」等11作収録。

銀河鉄道の夜

宮沢賢治

漁に出たまま不在がちの父と病がちな母を持つジョバンニは、暮らしを支えるため、学校が終わると働きに出ていた。そんな彼にカムパネルラだけが優しかった。ある夜二人は、銀河鉄道に乗り幻想の旅に出た——。

不道徳教育講座

三島由紀夫

大いにウソをつくべし、弱い者をいじめるべし、痴漢を歓迎すべし等々、世の良識家たちの度肝を抜く不道徳のススメ。西鶴の『本朝二十不孝』に倣い、逆説的レトリックで展開するエッセイ集、現代倫理のパロディ。

角川文庫ベストセラー

舞姫・うたかたの記　森　鷗外

若き秀才官僚の太田豊太郎は、洋行先で孤独に苦しむ中、美貌の舞姫エリスと恋に落ちた。19世紀のベルリンを舞台に繰り広げられる激しくも哀しい青春を描いた「舞姫」など5編を収録。文字が読みやすい改版。

山椒大夫・高瀬舟・阿部一族　森　鷗外

安寿と厨子王の姉弟の犠牲と覚悟を描く「山椒大夫」、安楽死の問題を扱った「高瀬舟」、封建武士の運命と意地を描いた「阿部一族」の表題作他、「興津弥五右衛門の遺書」「寒山拾得」など歴史物全9編を収録。

少女地獄　夢野久作

可憐な少女姫草ユリ子は、すべての人間に好意を抱かせる天才的な看護婦だった。その秘密は、虚言癖にあった。ウソを支えるためにまたウソをつく。夢幻の世界に生きた少女の果ては……。

瓶詰の地獄　夢野久作

海難事故により遭難し、南国の小島に流れ着いた可愛らしい二人の兄妹。彼らがどれほど恐ろしい地獄で生きねばならなかったのか。読者を幻魔境へと誘い込む、夢野ワールド7編。

みだれ髪　与謝野晶子　今野寿美＝訳注

燃えるような激情を詠んだ与謝野晶子の第一歌集。恋する女性の美しさを表現し、若い詩人や歌人たちに影響を与えた作品の数々を、現代語訳とともに味わう。同時代作品を集めた「みだれ髪　拾遺」を所収。